原田ひ香

定食屋「雑（ざつ）」

双葉社

目次

装画　agoera
装丁　鈴木久美

定食屋「雑」

第1話　コロッケ

「豚バラ肉と大根あったら、何作る？」

目の前に座っている田端亜弥が言った。

「今、冷蔵庫にそれだけしかないんだよね。沙也加、料理上手じゃん、考えてよ」

「バラ肉は塊？　薄切り？」

三上沙也加は首をかしげながら尋ねる。

「薄切り。昨日、アスパラの肉巻きを作ったの。大根は一昨日、焼き魚に大根おろしを添えた時の残り。今朝の味噌汁には使ったんだけどさ、まだ半分くらい余ってて」そう答えながら亜弥は「やっぱり、帰りにスーパーに寄って帰らないとダメかなあ」とつぶやいた。さらに、スマートフォンの料理レシピアプリを開き、「豚バラ　大根」と入れて検索している。人に訊きながら、ちょっと失礼じゃないか、とむっとしてしまった。

「あった、あった」

亜弥は探し出したレシピを差し出した。

苦笑いしながらのぞき込む。

こういうちょっとデリカシーのないところはあるけれど、亜弥は中学時代からの親友だ。親しい間柄だからこその、遠慮のない行動とも言える。

そこにはいちょう切りにした大根と一口大に切ったバラ肉をこってりと甘辛く煮た煮物の写真が出ていた。てらてらと光る肉はいかにも甘そうだった。たぶん、砂糖、醤油、みりんが大さじ三杯くらいずつ使われているのだろう。

味が濃そうだ。自然に顔を背けてしまった。

「こういうのもいいけど……」

沙也加は自分の嫌悪感をさとられないように、スマホを亜弥にそっと戻した。

「最近は、スープ煮にするかな」

「スープ煮？」

「豚肉を一口大に切って、まず、お湯でさっとゆがくの。そのお湯は捨てて……」

「え、捨てちゃうの？　そこに一番おいしい出汁(だし)が出てるんじゃないの？」

「大丈夫。豚バラは旨味がぎっしり入っているから、そのくらいじゃ旨味はなくならない。むしろ脂を落とした方がさっぱりしていいんだよね。湯通ししたバラ肉をもう一度鍋に戻して新しく水を足してじっくり煮るの。二人分で水を三百二十ccくらいかな。大根は急いでいる時はいちょう切り、時間があれば二センチくらいの幅の四つ切りにして、その中で柔らかくなるまでことこと煮るの。最後に塩を小さじ半分加えてできあがり」

「小さじ半分？　たったそれだけ？」

沙也加は思わず、にんまり笑ってしまう。そこを訊いて欲しかったのだ。

「そう。今、そのくらいの塩加減が気に入っているんだ。滋養味あるスープを飲むと、あーおいしい、幸せってなるよ」

しかし、目の前の亜弥は、あー幸せ、というにはほど遠い、しょっぱい顔をしていた。

「やってみるわ」

口ではそう言いながら、メモもせず、スマホのケースをぱたんと閉じた。


亜弥と別れたあと、沙也加はスーパーに寄って帰宅した。

カートを押しながら、つい、親友が今夜食べると言っていた大根に目をひかれ、カゴに入れてしまった。

しかし、家に帰っても一人なのだ。一本の大根を使い切ることができるかどうか。

だいたい、一人の夕食の買い物にカートを借りる必要はなかった。カゴだけで十分なのに、以前からの習慣でつい手に取ってしまった。

前は……カートを押しながら思う。朝ご飯、お弁当、夜ご飯と、日に三食作っていた。二人家族だったけど、夫の健太郎は身長百八十センチ、筋肉質でがっちりした体形だから、結構、量を食べる。大量の買い物が必要だった。

でも今はそんな量はいらない。

しかし、一度手に取ってしまった大根を売り場に戻すのも気が引ける。

沙也加は少し潔癖なところがあって、人がべたべた触ったものは買いたくない。なら逆に自分が触ったものを人が買わなくてはならなくなるのもエチケット違反な気がする。

結局、気がついたら、豚肉を買っていた。バラ肉はやはり脂っこいので、肩ロースにした。家に着いても、すぐに夕飯の支度をする気にはなれなかった。亜弥と一緒にケーキセットを食べたし、一人のための食事を作るのも面倒だ。

ソファに座っていると、深いため息が出てきた。

結局、亜弥に話せなかった……。

「話があるんだ」と彼女を呼び出したのは自分の方だったのに。

亜弥は会社の愚痴、夫の母親の愚痴などをずっと話していて、沙也加が告白する隙(すき)も与えなかった。最後に「あれ？　沙也加、なんか話があるんじゃなかったっけ？」と思い出したように言われたけど、とっさに「大丈夫、また別の時、話すから」と答えてしまった。

亜弥が悪いわけじゃない。自分の中にまだすべてを話す勇気がなかった。

それに、亜弥が愚痴であってもどこか楽しそうに話しているのを聞いて、心がずいぶん慰められた、ということもある。

しかし、こうして一人でいると、孤独がしんしんとしみてきた。

やっぱり、聞いてもらえばよかったと後悔する。

亜弥は「さてと、武(たける)くんのご飯を作らなくちゃ、面倒くさいねえ」と言いながら、それでもいそいそと帰って行った。

彼女は何を作るのだろうか。あんなふうに言っていたけど、結局、砂糖たっぷりの豚肉と大根の煮物にするのかな。

今日は土曜日だけど、彼女の旦那は家にいるのだろうか。帰ってきた亜弥を迎え、「さあ、ご飯を食べよう」と言って食卓を囲むのか。

こちらは、土日もひとりぼっち。

夫、三上健太郎が家を出て行ってから。

週に二、三回あそこに行って、ご飯を食べ、お酒を飲むのだけが楽しみなんだよ。疲れが取れて、ほっとするんだ。

何度、思い出しても、屈辱で身体が熱くなる。

最後にはそう言って、目の前で自分を拝んだ健太郎を許せなかった。

「俺の楽しみを奪わないでくれ、頼む」

いや、許せないというより、信じられなかったのだ。

街の下卑(げび)た定食屋で時々飲むことが、大の男の生きがいだなんて。

そして、それほど自分の料理が嫌われていたなんて。いつもおいしそうに私の料理を食べていたのに。

少し前から彼は社内で新製品の特別チームに加わり、多忙で精神的に厳しい状況が続いていることは知っていた。

彼によれば、最初は帰宅時にコンビニで買った酎ハイを飲んでいたそうだ。アルコール度数九%の、時々、ネットなんかでも問題になる、強い酒だ。

「帰宅途中のコンビニで買って、歩きながら飲み始めて、途中の児童公園で座って残りを飲んで。それをしないと、仕事の疲れが取れなかった。頭が切り替えられないんだ」

始末に困ったアルミ缶は児童公園の隅にそっと置いて帰っていたそうだ。

気がつくと、沙也加は顔をしかめていた。

「ゴミを置いていくなんてお行儀悪い。そもそも公園で飲むのだってみっともない。買ってきて、家で飲めばいいじゃない」

「だって、そんな顔するだろう?」

慌てて、渋面を解いた。

「それに、沙也加はご飯と一緒に酒を飲むの、嫌がるじゃんか」

「だって、ご飯はご飯でちゃんと食べて欲しいの。こっちは頑張って作っているんだから。ご飯の後にナッツとかチーズとかでお酒を軽く飲めばいいじゃない?」

「……そういうことじゃないんだよ」

健太郎は下を向いて、諦めたようにため息をついた。

そのうち、児童公園に「空き缶を捨てないでください。ここでお酒を飲まないでください」という貼り紙がされるようになり、彼の唯一の楽しみも奪われた。

ある時、沙也加がたまたま大学の同級生との飲み会の日、酎ハイを公園で飲むことを禁じられた彼は、家の近所の定食屋「雑」に寄った。そこで定食を食べ、酒を飲んで、店の虜になったらしい。

その後、帰りが遅くなり「ご飯はいらない、打ち合わせしながら会社の人と食べるから」「社内の飲み会があるから」「取引先の接待があるから」と家で夕食を食べないことが続いた。

健太郎は少しずつ太ってきた。それも、ストレスと付き合いのせいかと思っていた。

でも「仕事だから」と遅くなっていたのは、ほとんどすべて定食屋「雑」で飲んでいたからだった。

「お酒を飲みたければ、飲めばいいじゃない。うちで。どうしてそんな嘘をついてまで外で飲むの？　何より、私に嘘をついていた、ということが許せない」

沙也加は健太郎に言った。しかし、心のどこかで、それだけの理由で夫の帰りが遅くなっていたとは信じていなかった。

夫はもっと別の嘘をついているのではないだろうか。例えば、他の女といった類の。

「たぶん、沙也加にはわからないと思う」

沙也加の気持ちを知ってか知らずか、健太郎は言った。

「どういう意味？」

「沙也加はあんまりストレスにさらされるような仕事はしてこなかったじゃん。それに、いつも清く正しく美しくみたいな人じゃん。俺の気持ちはわからないよ」

夫の言葉が失礼すぎて息ができなくなる。自分の仕事をそんなふうに思っていたとは。

「ごめん、言いすぎた」

沙也加の顔色が変わったのを見て、彼はすぐに謝った。

「俺はただ、ご飯を食べながら、だらだら酒を飲みたいだけなんだよ。つまみとか、おかずとご飯を口に入れてそれを酒で流し込んだり……」

別にかまわないわよ、と言おうとしたのに、その前に健太郎が重ねた。

「ほらね、やっぱりね。お前は下品、そういう育ちだから、みたいな顔をする」

「勝手に決めないでよ……」

でも、本当は心の中でそう思っていた。おかずとご飯を口に入れて、それを酒で流し込む？考えるだけでぞっとする。

「もう、うんざり。一緒に暮らしている相手にさげすまれながら生きるのは」

そう言って、健太郎は出て行った。彼の方だけ書き込まれた離婚届を置いて。

彼がいなくなった後、試しにストロングゼロを飲んでみた。薬品くさい、ケミカルな味だった。最後には口の中に嫌な苦みが残り、とても飲めたものではない。半分ほど胃に流し込んで、残りはシンクに捨てた。

それなのに空き缶を始末したとたん、急に頭の中がぐるぐる回ってきた。ジュースのような味なのに、なんて強いのだろう。こんなもので健太郎は仕事の疲れを「癒やして」いたのか、と思った時にはソファに倒れ込んで寝落ちしていた。

定食屋「雑」は駅からまっすぐ続く商店街の真ん中あたりにある、一軒家の店だ。しかし、フレンチなどのこじゃれた「一軒家レストラン」というのとはまったく違う。木造の屋根がひしゃげ、斜めになっている。壁は一度火事にでもあったのか、というほど濃い茶色だ。ほとんどつぶれかけている。

店の引き戸の上に、「雑」と一文字書いてあった。

亜弥と話した翌週の水曜日の昼過ぎ、買い物の帰りにその店の前に立った。戸は閉まっているけど、ガラス戸から店の中にびっしり、紙に書かれたメニューが貼ってあるのが見えた。

カウンター席とテーブル席が三つ、小上がりがあってちゃぶ台が二つある。今はテーブルに二人の男性が座っているのが見えるだけだ。

沙也加は外で一人で食事をすることはあまりない。ましてやこんな場末の食堂で……けれど、その時店の奥からカラー割烹着(かっぽうぎ)を着た、背の低い老女が出てきたのが見えた。

あれが店主かな。

女性がやっている店なのか、と思ったら、なんとか入れそうな気がした。

がらり、と引き戸を開ける。

「いらっしゃい」

その女店主が、これほどまでにやる気のない声って出せるのか、と思うほど力のない声で言った。

「あの、いいですか」

「どうぞ」

彼女は面倒くさそうに、顎(あご)でカウンター席を指した。

入り口の脇に古い券売機があった。ボタンのところに「肉定食」「魚定食」「野菜炒め定食」「カレー」「カツカレー」「日替わり」と手書きで書いてあった。値段は定食が六百円、カレーが四百五十円……どれも安い。

バッグから財布を出した。

「ああ、それ、壊れてる」

また、女店主のどんよりした声が聞こえた。

「え」

「今、壊れてるから、直接注文して」

「あ、はい」

沙也加はカウンターに座った。

「俺、この店の本調子、見たことないなあ」

テーブルに座っていた男の片方が彼女に声をかけた。二人とも薄緑の作業着を着ている。常連なのかもしれない。

「なんだって?」

ふきんをつかんだまま、彼女は返事をした。

「この店の、完璧な姿っていうの、見たことない。いつもどっか壊れてるじゃん。この間はエアコン壊れてたし、その前は冷蔵庫壊れてたし、戸がうまく開かない時もあったよね」

「店もあたしも古いんだよ」

彼女は七十代だろうか、と沙也加は推測する。背は百四十センチ台で、横幅がある。樽のような体形だ。薄く紫色が入った大きなメガネをかけていて、それをヒモで首につっている。時々、近くを見る時にははずすようだった。

さすがに、この女が健太郎と何かあった、ということはないだろうと思う。だとしたら、他に店に女がいるのか。それとも客か……。

「あの、この肉定食っていうのは？」

思い切って、尋ねてみた。

「今日は生姜焼き」

「魚は？」

「赤魚の照り焼き」

「日替わりは？」

「サンマだね」

「……どうしようかな」

独り言を言いながら、店の中を見回した。

券売機に書いてある以外にも、「鶏の照り焼き」「コロッケ」「肉豆腐」「冷や奴」「ゴマよごし」「煮魚」「焼き魚」「肉じゃが」「筑前煮」「オムレツ」「味玉」「スパゲッティサラダ」などの貼り紙がある。

「じゃあ、生姜焼き定食にゴマよごしと肉じゃが、付けてください」

「定食の小鉢は冷や奴かゴマよごしを選べるんだけど」

「あ、じゃあ、そっちをゴマよごしにしてください」

「なら、生姜焼き定食のゴマよごし小鉢付きと肉じゃがね」

「はい」

「お酒とか飲み物は冷蔵庫に入ってるから自分で取って。値段は冷蔵庫に貼ってあるから」

確かに、店の端に細長い冷蔵ケースがあって、瓶ビールを始めとした飲み物がぎっしり入っている。

「ウーロン茶とかありますか」

すると、彼女はどこかいまいましそうに、「あるけど、麦茶ならただで出すよ。冷蔵庫に入っているのはウーロンハイ用だから」と言った。

「じゃあ、それで」

言葉通り、冷たい麦茶のグラスを持ってきてくれた。

その時、気がついたのだが、足を少し引きずっていた。

「ぞうさん、オムレツ追加で！」

テーブルのおじさんが声をかける。

「あいよ」

沙也加はカウンターの中に入った彼女の手元を見るともなしに見ていた。

豚のロース肉の薄切りを出してフライパンで炒めると、コンロの脇に置いてあった大きなペットボトルからじゃばじゃばと黒い液体をかけた。そして、自分の後ろにある冷蔵庫を開けてショウガの塊を出し、おろし金でがしがしとすって、フライパンの中に落とした。おろし金をフライパンの縁に打ち付けて、最後に残ったショウガも落とす。店内にがんがんという音が響いた。甘辛い匂いがいっぱいに広がる。

次に大きな白い皿を出し四角いトレーの上に置いた。冷蔵庫から出した千切りキャベツとスパゲッティサラダ、てらてらに光った肉を並べた。トレーの空いたところに、味噌汁やご飯、小鉢のゴマよごしを配置した。

——この店はポテトサラダじゃなくて、スパゲッティサラダを付け合わせにするのか。

「はい」

そう言って、両手でカウンター越しに差し出してくる。慌てて、両手で受け取った。さらに赤銅(しゃくどう)色の大鍋から肉じゃがを小どんぶりによそった。

「あ、入れすぎちゃった。まあいいか」

独り言を言ったあと、「はい」とまたカウンター越しに手渡してくれた。

「いただきます」

沙也加の挨拶に返事はせず、フライパンにひき肉をぶちまけた。たぶん、オムレツを作るのだろう。

沙也加は箸を取り、それを両手ではさんで、もう一度「いただきます」と小さくつぶやいた。

味噌汁から飲んで、箸の先を濡らす。具はあおさのみで他には何も入っていない。でも、あおさの出汁が利(き)いているのか、なかなかうまい。塩気がちょうど良い。

　ご飯を一口食べた。少し硬めに炊いてある。噛みしめると甘みがあるいい米だ。

「女だから、飯茶碗にしたよ」

　無視されているかと思っていたのに、ちゃんとこちらを見ていたらしい。

「普通はどんぶりなんだけどさ。もっと食べたければお代わりはできるから」

「ありがとうございます」

　店主は玉ねぎを刻んでいる。さすがに手際はいい。赤ちゃんかクリームパンみたいなぷっくりした手の中から、細かく刻まれた玉ねぎが次々現れる。

　少し色の変わったひき肉を木のへらでぐるりと一回しすると、まな板の上の刻み玉ねぎを放り込んだ。それらをつぶすようにして炒め、玉ねぎが透き通ってくると、また、同じペットボトルから液体をじゃじゃっとかけた。

　――いったい、あれはなんだろう。醤油色だから醤油が入ってることは確かだけど。手際がよく無駄な動作がない。きれいな「手」の動きだな。不思議と、人を引きつける「手」だ。

　ぼんやり見てばかりで、冷めるといけないと気づいて、生姜焼きを箸でつまんで、ぱくりと食べた。

　うっ。

　絶句した。

　甘い。

黒々とした肉は砂糖の塊のように甘い。お菓子のように甘い。

しかし、吐き出すわけにいかないから、なんとか飲み込んだ。慌てて、ご飯をかき込む。

肉じゃがの方も頬張ってみた。やっぱり甘い。しかし、こちらはジャガイモの中までは味がしみ込んでなかったし、ある程度甘い味だということはわかっていたから、そうショックはない。

カウンターの女は、卵をボウルに三個割り、菜箸で手早く混ぜた。市販の塩胡椒を取って少しかけ、中身を別のフライパンにあける。

卵液がかたまってくると菜箸でくるくると混ぜて、横のフライパンの中にあるひき肉と玉ねぎを炒めたものをお玉ですくって入れた。フライパンを振って形良く整え、皿に出すと千切りキャベツを添え、ウスターソースと一緒に、彼らの席に持って行った。

「これがおいしいんですよ」

注文した男の嬉しそうな声が響く。

横目で見ていると、オムレツにソースをじゃばじゃばとかけ、大口で頬張ってビールをあおった。

「あー、この味この味」

その声を聞きながらくそ甘い生姜焼きをなんとか飲み込んで、味噌汁やご飯とともに食べきった。ちなみに、ゴマよごしも甘かった。

ただ、スパゲッティサラダが絶妙で、今まで食べたことのない味だった。洋風とも和風ともつかない味がする。

――あの黒い液体が何かはわからないが、とにかく、甘いものであることは確かなようだ。

食べ終わると、沙也加はそそくさと金を払って店を出た。

生姜焼き定食と肉じゃがの値段は千円ちょっとだった。


意外に思われるかもしれないが、沙也加は酒が嫌いじゃない。

いや、むしろ、好きな方かもしれないし、酒の知識も少しはある。

沙也加の父は結婚前に仕事でイギリスに留学したこともあり、ウィスキー、特にアイラモルトと呼ばれるシングルモルトが好きだった。母の方はあまり酒を飲まない。

だから、実家ではまずちゃんとご飯を食べた後、父はラフロイグなどのウィスキーをお気に入りのバカラのグラスに入れ、ストレートやロックでゆっくりと楽しんだ。

実際、スモーキーな香りのアイラモルトはあまり食べ物には合わない。

とはいえ、決して、スノッブで気取った家庭というわけではないと、沙也加は思っている。父はいつも、沙也加や母がテレビを観ている横で静かに酒を飲んでいた。にこにこしていて、酔っ払ったりすることなく、良いお酒だった。

二十(はたち)になると沙也加も父から一通りの知識を教えられて、アイラモルトを飲むようになった。よく「薬臭い」とか「癖がある」と言われがちな酒だが、じっくり香りを楽しみながら飲むには良い酒だ。

だから、沙也加は日本酒やワインなどの醸造酒よりも、ウィスキーや焼酎などの蒸留酒が好き

なりの「飲んべえ」だと思い込んでいたらしい。

半年ほどで結婚し、一緒に暮らし始めてやっと、沙也加が食事中に酒を飲むことに違和感を持っていることを知ったようだ。

けれど、沙也加はそのことにそれほど問題があるとは思わなかった。

彼が家を出て行くまでは。

親にも友達にも、「健太郎が家を出て行った。離婚をしたいと言われている」ということはまだ報告できていない。


夫は本当に、あの店の料理が好きなのだろうか。それとも、あの店にある、別の何かに理由があるのだろうか。

通勤の行き帰りに、休日の買い物の行き帰りに、沙也加は店の前を通りながら思う。店は相変わらず、ひしゃげていて茶色だ。一度店に入ってからは、あの外観の濃い茶色は醤油で煮染めた色じゃないか、とさえ思うようになった。

もちろん理論的にはあり得ないが、毎日毎日、大量の醤油を使って料理するうちに内側からじわじわと染められていったんじゃないかと想像してしまう。

誰にも相談できないまま、別居は沙也加の生活をじりじりと締め上げていた。

まず、お金が足りなくなってきた。

もともと、沙也加は横浜の実家近くの、みなとみらいにある会社に正社員として勤めていた。

結婚を機に、夫が住んでいた井の頭線の駅のマンションに引っ越すと通勤が一時間以上となり、朝のラッシュ時にはさらに時間がかかるようになった。自宅は駅から十分以上歩くので、帰りはくたくただった。

彼とも話し合って会社を退職し、派遣会社に登録した。すぐに渋谷のＩＴ企業を紹介された。親には「せっかく正社員なのにもったいない」と少し反対されたけど、あまり気にならなかった。新しい生活が始まる時だったし、自分の時間も欲しいと思っていた矢先だった。

転職後は週四日の勤務にしてもらった。収入は月十二万程度と減っても、家庭のこともできるし、社会ともつながれるので、とても気に入っていた。

彼が出て行って最初のうちはちゃんと家賃の九万円を振り込んでくれていた。でも、先月から半額しか払ってくれなくなった。

まだ彼の荷物が部屋に残っているので、その「置き代」と思っているのかもしれない。

――とにかく、もう無理。別れたいんだ。

最後に彼から来たメールの文面が思い浮かぶ。

健太郎は今、会社の近くのウィークリーマンションを借りて生活しているらしい。

沙也加を干上がらせて、ここから追い出す作戦かもしれない。

独身時代に実家から通っていたので百万ほどの貯金はあったが、結婚を機に家具や台所用品などを買ったのでもう半分ほどしか残っていなかった。家賃や生活費で切り崩していったら、あっという間になくなってしまうのは目に見えていた。

派遣会社に連絡して、できたら、週四ではなく、常勤で働きたいとお願いしてみた。今の会社では無理だと言われ、また、他の会社もすぐには探せないということだった。

一応、常勤できる会社を探してもらうことにして、電話を切った。

ため息が出た。

もし、ここを出て行かなければならなくなったら、どうしたらいいんだろう。

親や友達にも話さなくてはならないだろうな……生活苦よりも、そんなことの方が気になってしまう。

そんな時、貼り紙を見つけたのだった。

「定食屋『雑』店員急募　時給千円　見習い期間九百円　まかない有」

店の入り口の脇に、筆ペンでシンプルに書いた紙が貼ってあった。字の一つ一つに赤の二重丸がついている。

会社が休みの水曜日、沙也加は買い物帰りにそれを見つけて立ち止まった。

一石二鳥。絵に描いたような、一石二鳥だと思った。

この店で夫が女と出会って浮気していたのなら、それを調べられる。しかも、お金も稼げる。

東京都の最低賃金には少し足りないような気がしたけれど、まあ、それはいいとしよう。

この歳になって新しい仕事、それも肉体労働を始めるのはちょっとつらいかもしれない。でもやってみる価値はある。

思い切って、引き戸を開けた。

あの女店主は店の真ん中にあるテーブル席に座って、肘をついてこちらを見ていた。

「いらっしゃい」

相変わらず、声に張りがない。

「あの」

彼女は何も応えず、こちらを見続ける。

「外の貼り紙を見たんですけど……あれ、もう人は決まりましたか」

「いや」

頬に手を当てたまま、首を振る。

「私……働けませんか」

そこで気がついて、「あ」と声が出た。

「すいません。あれ、今見たばかりなんで、履歴書とか持ってきてないんですけど」

「……それは次でいいけどさ、こういうとこで働いたことあんの？」

彼女は自分の前の席を指さした。そこに座れ、ということかと思って腰を下ろした。

「学生時代にカフェでアルバイトしたことがあります。食べ物を運んだりしてました」

「ふうん」

沙也加の顔をじっと見た。

「料理はできるの？」

「じゃあとりあえず、シンクの中の洗い物をしてくれる？」

老女は言った。近くに座って気がついたのだが、話すたびにぜいぜいというような荒い息の音が入る。

「まあ、一通りは」

「あ、はい」

沙也加がすぐに立ってカウンターに入り、シンクの前の大きくて硬いスポンジを握ると「そこにエプロンがあるよ」という声が聞こえた。確かに、冷蔵庫の取っ手のところにエプロンが押し込まれるようにして下がっていた。少し汚れている。

誰が使ったのかわからないエプロンには抵抗感があったが、服が濡れるよりはましだと思った。おそるおそる首から下げて、洗い物を始めた。

洗い物は山と積まれていたけれど、ほとんどの皿はなめたようにきれいだったからそう大変ではなかった。それに硬めのスポンジが使いやすい。

「洗いました」

それを聞くと彼女はぜいぜい言いながら席を立ち、カウンターの中に入ってきた。やっぱり、足を引きずっていた。沙也加が洗った皿をじっと見る。

「これ、拭いて片付けますか」

「そのままでいいよ。こっちに来な」

彼女はまたテーブルに座って、自分の前の席を指さした。

「どこに住んでるの？」

「近所です。歩いて十分くらいのところです」

「いつから来られるって？」

「あ、言い忘れました。私、月火木金は会社で働いていて、夜七時過ぎくらいにならないと来られないんですね。水曜と土曜と日曜は一日空いているんですが、それでもいいですか」

「それでいいよ」

「それって、どれですか」

「日曜日は休みだから水、土にとりあえず来てくれればいい。慣れてきたら、他の日も会社の帰りに寄って。水と土は十時から十五時と十七時から閉店までにしようか。ああ、良ければ今日の夜から来てくれてもいいけど」

「大丈夫です。あの、私はなんの仕事をするんですか。洗い物とかですか？」

「洗い物、お運び、料理も手伝ってもらう。この食堂の仕事、全部。券売機が壊れて、それが部品がないとかで、なかなか修理できないんだって。あたしも腰をやっちゃってね。それで、いい？」

慌ててうなずく。

「じゃあ、あとで。五時に来て」

沙也加が立ち上がると、彼女も「よっこらしょ」と言いながら立った。

「あの、あなたのこと、店長さんって呼べばいいですか」

「あたしは店長じゃないよ」

「え、そうなんですか」

「皆は、ぞうって呼んでるよ」

「ぞう？　動物の象ですか」

背が小さくて、太っている。確かに子象のように見えなくもない。

だけど、相手は顔をしかめた。

「とにかく、ぞうはぞうだよ」

「じゃあ、これからよろしくお願いします……ぞうさん」

それでいい、というように彼女はうなずいた。


「雑」の仕事には最初から面食らった。

ぞう、と呼ばれる女は沙也加を横に立たせたまま、下ごしらえを始めた。

カウンターの中の厨房は床がちょっとぬるぬるしている。

そこを掃除したい、と思いながら沙也加は持参のエプロンをした。厨房に置いてある、誰が使ったかわからないエプロンはしたくなかった。デニム地のエプロンを見ても、ぞうさんは何も言わなかった。

二人でジャガイモの皮を剝き、肉じゃがを作った。ぞうさんによればそれは店の夜の一番人気らしい。煮込みに時間がかかるから、最初に作るそうだ。

輸入牛のバラ肉の薄切りを大きなアルミの両手鍋で炒めて、切ったジャガイモも炒めてひたひたになるように水を入れる。

そして、彼女は唐突に左手を差し出して言った。

「醤油」

手術中の医師が看護師に「メス」と言って手を伸ばすような感じだ。

沙也加は厨房を見回し、取っ手のついた巨大サイズの醤油のペットボトルを見つけて差し出した。

ぞうさんは黙って手に取ると、キャップを外して鍋の中に注ぎ込もうとして、手を止めた。

「これじゃないよ」

「え、それ、醤油ですよ」

んん、とうなって、彼女は沙也加にそれを突き返した。そして、自分であたりを見回し、調理台の上に置いてある、同じ大きさのボトルをむぎゅっとつかんだ。

「こっち」

「え、でも、それ『すき焼きのたれ』って書いてありますよ」

非難の声を上げた沙也加をぎろっとにらみつけ、中身をじゃばじゃばと鍋にあけた。

「うわあ」

思わず、声が出てしまうくらい、大量に。

肉じゃがが煮あがるとそれは大皿に盛り付けられ、ラップをふわりとかけて、カウンターの台の上に置かれた。

「冷めていくうちに、味がしみるからいいんだよ。時間の調味料だね」

彼女は沙也加が訊いてもいないのに教えてくれた。

それから、里芋の煮っ転がし、ほうれん草のゴマよごし、鶏の照り焼き、ごぼうとにんじんとちくわのきんぴら、スパゲッティサラダ、小アジの南蛮漬け、きゅうりとわかめの酢の物……などを彼女は次々と作っていった。

それでわかったことだが、この店の料理のほとんどはぞうさんが「醤油」と呼ぶ、「すき焼きのたれ」で味付けされていた。他に、「めんつゆ（三倍希釈用）」「（普通の）醤油」などもあったが、彼女はすべてを「醤油」と呼ぶ。

ほとんどは、すき焼きのたれで、その割合はたれ、めんつゆ、醤油が七対二対一くらいだろうか。

南蛮漬けや酢の物でさえも、すき焼きのたれに酢を混ぜて作るのだった。

スパゲッティサラダは例外で、きゅうりやにんじん、玉ねぎなどを刻んで軽く塩をして水分を絞ったところに、茹でたスパゲッティを入れ、マヨネーズ、醤油とごま油で味を付ける。

洋風とも和風ともつかないあの味は、醤油とごま油なのか、と心の中で感心した。

つまり、今後、この店で働くことになれば、沙也加はすべての料理にどの「醤油」が使われているのか覚えて、外科医のごとく「醤油！」と高らかに叫ぶぞうさんの手元に差し出さなければならないようだった。

そこを間違えると、冷ややかに「違う」と言われてにらみつけられる。

作り置きできる煮物や付け合わせができあがった頃、客がちらほらと入ってきた。ぞうさんは魚焼き網を出して、鯖の一夜干しを次々と焼いた。それも大皿に積み上げていった。今夜の魚メニューのようだった。

客たちは昼と同じように定食を頼むこともあったし、単品で注文する客もいた。酒は七割くらいの客が注文し、客の九割は男だった。女が来てもほとんどはぞうさんと同じ年頃である。

沙也加が注文を取ってできあがった品を運び、ぞうさんがカウンターの中で作り置きできないメニューを作った。

ここまで女の客が少ないと浮気の可能性はないのかな……いや、逆に女性客が来ればすぐわかるな、などと考えながらお運びをしていた。

時々、「あれ、新しい人入ったの」などと声をかけてくれる客もいたが、ほとんどは沙也加に興味はないようで、運ばれてきた定食にがっついていた。

八時を過ぎると、単品を頼んで酒を飲む客の方が増えた。定食屋から居酒屋に変わったような感じだった。

「ご飯、食べる?」

ぞうさんが声をかけてくれた。

「え、いいんですか」

「まかない、っていうの?　食べたかったら作るよ。今、ちょっと空いてきたし」

「ありがとうございます！」

家を出る前におやつ代わりに菓子パンを食べてきただけだった。立ち仕事は予想以上につらく、お腹がペコペコだ。

「ご飯と味噌汁は自分で入れな。嫌いなものはあるかい？」

ぞうさんが言うので、トレーに白ご飯と味噌汁を用意した。

彼女は平たい皿を出して、お惣菜を適当に盛りだした。手元を見ていると、その日、余っているものを入れているようだった。

「何？」

沙也加の視線に気がついて、彼女がこちらを向いた。

「あ、あの……スパゲッティサラダ、ちょっと食べたいです……」

すると彼女は冷蔵庫を開き、大きなプラスチック容器に入っているそれをスプーンでがばっとすくった。

「ありがとうございます！」

「あんた、意外と図太いね」

「でも、それ、前に来た時、すごくおいしかったから」

ふん、と鼻を鳴らしたが、そう悪い気はしていないのか、少し笑っていた。

「いただきます！」

カウンターの端に座って食べた。

ご飯、豆腐とネギの味噌汁、鯖の一夜干し、煮っ転がし、スパゲッティサラダ、南蛮漬けなどが少しずつ。

疲れているからか前に来た時ほど、甘すぎるとは思わなかった。それでも、砂糖の塊のような煮っ転がしはそうおいしいとは思えなかった。苦労して最後の一個を飲み込んだ。


数週間が過ぎると、沙也加も常連客たちと話せるようになった。客たちは沙也加をそのまま「沙也加ちゃん」と呼んだ。

「あの……、ぞうさんてどうして『ぞうさん』なんですか」

沙也加が訊いたのは、近所に住む七十代のおじいさん、高津(たかつ)さんだ。「雑」には週に数回来る。夜の時も昼の時もある。夜は必ず、熱燗を一合注文して、なめるように丁寧に飲んでいた。ジャンパーにスラックスのような出で立ちだが、いつも清潔で白い髪も短く刈り込んでいる。

沙也加にも話しかけてくれるが、べたべたとまとわりついたりしない。数いる常連のおじいさんの中でも沙也加の一等お気に入りなのだ。

少し遅めの昼の時間で、ぞうさんは買い物に行っていた。

店には沙也加と高津さんしかいなかった。

「あれは恋だよねえ」

「恋、ですか⁉」

ええっと声を上げてしまう。

「しーっ」と高津さんは唇に指を当てた。

「私が話したことは、ぞうさんには絶対内緒だからね」

「はい」

「ここの店はさ、元は『雑色(ぞうしき)』って名前だったんだよ」

「雑色？」

「そう。めずらしい名前だろ。雑色さんていう人がやってたの。俺の十歳くらい上だったかな。前はさ、日活(にっかつ)のカメラマンをやってたっていう人でね、雑色さん、ハンチングなんかかぶってさ、なかなかいい男だったよ。そういう仕事してたから、何事にも粋(いき)でね。でも、日活がピンク映画を撮るようになった時、スタッフが抗議のためにたくさんやめたんだけど、その時、雑色さんも退職したらしい」

「ピンク映画……」

「沙也加ちゃんみたいな若い人は知らないよね。ロマンポルノっていう、まあ、いわゆる、あれ、今はＡＶって言うの？　そういうのを日活が撮ってたことがあるんだよ」

「へえええええ」

「で、日活やめたあと、この店を始めたんだって。昔は、付き合いがあった俳優さんなんかも来てたらしいよ」

「すごいですね」

「その時、手伝いに来たのがぞうさん。五十年以上前の話だよね。雑色さんは四十代、ぞうさんもまだ二十代のぴちぴちでね」

「じゃあ、もしかして、雑色さんとぞうさんが？」

「いや、それはないね。雑色さんには奥さんがいたからさ」

「えー、不倫！」

「だから、違う、違う。奥さんは子供の世話とかが大変で、ぞうさんは遠い親戚の娘でね、手伝いのために呼ばれたわけ」

「付き合ってたんじゃないんですか」

「そんな時代じゃないよ。きれいなもんだよ。ただ、この店で働くだけ。でも、息はぴったり合ってたよね。奥さんは五十くらいの時に亡くなってさ、俺ら、絶対、二人は結婚すると思ってたの。でも、しなかったね。最後の方はこの店の上で雑色さんが寝たきりになって、ぞうさんが世話をしながら、店のこともやってさ。亡くなってからは、ぞうさんがこの店を引き継いだの」

「へえ」

「だから、最初のぞうさんは主人だった『雑色さん』。今のぞうさんはさ、雑色さんが死んだ後、自然に二代目ぞうさんって呼ばれるようになってたわけ。でも、それをやめさせないんだから、ぞうさんもまんざらでもないいんじゃないの」

「まんざらでもないってどういうことですか」

「ちょっと嬉しいんでしょ。粋じゃないの。奥さんには最後までならず、でも、『ぞうさん』って呼ばれることだけに喜びを見いだすってさ、ロマンティックだよ」

「ぞうって呼ばれることが？　そうですかねえ」

沙也加にはよくわからない。なんたって、子象のぞうと間違えたくらいだから。

「じゃあ、この店、本当は『雑色』なわけですよね」

「うん。色の字の方は古くなって取れちゃったんだよね」

「じゃあ、本来は定食屋、『雑(ざつ)』じゃなくて『雑(ぞう)』なわけですね」

「まあね。だけど、皆『雑(ざつ)』『雑(ざつ)』って呼んで、気がついたら『雑(ざつ)』になってた。食べログっていうの？　あのサイトにも『ざつ』って載っちゃったから、もうぞうさんも諦めたみたい」

「ふうん。まあ、『ぞう』より『ざつ』の方がいいか」

「実際、雑な店だしね」

あはははは、と二人で声を合わせて笑っているところに、当のぞうさんが帰ってきて、慌てて口を閉じた。


ある土曜日、沙也加が十時に店に行くとめずらしく、ぞうさんが電話をかけていた。

「ああ、そうだよ。今日作るからさ、あんたも来たいかと思って。ああ、忙しかったら別にいいけどね。そう、じゃ待ってるよ」

満面の笑みというほどでもないけど、ほんのりと笑いながら彼女は電話を切った。

「なんですか」

そんな表情を見たことがなくて、沙也加は思わず尋ねた。

「なんですかって何が」

改めて聞き返されると、困ってしまう。

「いや……何か作るって言うから、何かと思って」

本当は電話の相手を訊きたかったのだが、二番目に訊きたいことを尋ねた。

ぞうさんは「すべてお見通しだよ」とでも言いたいような顔をして、ふん、と鼻を鳴らし「今日はコロッケを作るよ」と言った。

「へえ、手作りコロッケですか」

「うん」

「雑」の普段のコロッケはできあいの冷凍コロッケだった。ぞうさんが業務スーパーからまとめて買ってきたものだ。それでも、揚げ油に半分ラードを混ぜているから家で食べるのとは違うコクを出していて、それはそれで十分おいしい。注文する人もいっぱいいる。

「手作りはいつも作るわけじゃないんですね」

「手間がかかるからね。まあ、月に一回くらいかな」

ぞうさんはすでに大鍋に洗ったジャガイモを入れて煮立たせていた。茹でて、粗熱を取っている間に、他のお惣菜や付け合わせを作る。沙也加はキャベツの千切りをずっとさせられた。

さらに、ぞうさんはひき肉とみじん切りにした玉ねぎを炒めてそれも冷ました。

「今日は肉や魚の定食はないんですか」

「コロッケがある日に、別のものを食べるやつはいないよ。まあ、鯖があるから味噌煮にでもしておくか。変わりもんが食べるかもしれないし、夜も使えるからね」

おかずがあらかたできあがったところに、ジャガイモの準備ができた。

二人でまとめてジャガイモの皮を剝き、それをつぶしたところに炒めたひき肉を混ぜる。俵型に形作ったものをバットに並べると、ぞうさんが大きなプラスチック容器を三つ出してきて、小麦粉、卵、パン粉をそれぞれに入れた。

「さあ、あと一息だ。やっちゃおう！」

ぞうさんは自分を奮い立たせるように言った。

そこからは、俵型のジャガイモに粉と卵をつけるところまでを沙也加がやり、パン粉をまぶしてきれいに並べるのをぞうさんが担当した。

ぞうさんはチェックもしていて、粉や卵が少しでもはげたところを見つけると「ほら、こういうところからパンクするんだよ、やりなおし」と沙也加に突き返してくる。

大変だったけど、十一時少し前、バットの上に俵型コロッケ九十個が並んだところは壮観だった。

「二人でやると早いね」

ぞうさんは手を洗いながらぽつんと言った。

それは、これまでほとんど褒めてもくれないし、感謝もしてくれない彼女の、初めての「ありがとう」に聞こえた。

ぞうさんは新聞の折り込みチラシの裏に筆ペンで「本日、自家製コロッケ」と書いた。癖はあるけど、意外に達筆だった。赤の筆ペンで、各文字に二重丸を付けるのも忘れなかった。

「これ、外に貼っておいて」

沙也加が店の引き戸に貼っていると、商店街のカフェでアルバイトしている若い男が通りかかって「あれ、今日、コロッケなの？」と言った。

「はい」

「うわっ、やったあ。俺、後で行くから取っておいて！」

「わかりました」

その時、ふと気がついた。自分が最初に見た「店員急募」の紙がなくなっていることに。

ぞうさんはもう沙也加以外は雇わないと決めたのか。

「待ってますよ！」

彼の後ろ姿に呼びかけた。自分で思っていたより大きな声が出てしまって、ちょっと照れた。

そこからは怒濤(どとう)のコロッケラッシュで、ぞうさんの言った通り、かなりの「変わりもん」以外は皆、店に入ってくるなり「コロッケ定食！」とか「自家製コロッケ一つ！」とか叫ぶことが続いた。

沙也加は皿にキャベツとスパゲッティサラダを盛り付け、ぞうさんは揚げ鍋に張りついてコロッケを揚げ続けた。

土曜だから、ビールを飲む人も多かった。定食ではなく、コロッケ単品とビールにして、楽しそうに飲んでいた。

あれなら自分にもいけるかもしれない……と沙也加は配膳をしながら、内心、考えていた。ご飯を食べながら酒を飲むのはまだ少し抵抗があるが、じゅうじゅう音を立てているコロッケを頰張り、ビールをぐっと飲むことを考えたら……悪くないような気がした。

十四時半に昼のラストオーダーが終わると、ぞうさんは「あんたも食べるかい」と言った。客のいなくなったテーブルを拭いていた沙也加は「はいっ！」と返事をした。

自分でキャベツとスパゲッティサラダ、ご飯と味噌汁を盛っていると、コロッケが揚げ上がった。

「はいよっ」

ぞうさんが菜箸でコロッケを三つ、のせてくれた。

いつものようにカウンター席の端に座って食べる。

おかずや味噌汁を食べるのも忘れて、最初に、コロッケを箸で割り口へ運ぶ。サクッといい音がする。

「おいしい！」

思わず、声が出た。

「店の人がそんな大きな声で言ったら、これ以上の宣伝はないなあ」

今日はコロッケ定食でビールを飲んでいた高津さんが笑った。

「だって、本当においしいんですもん。手作りコロッケって、特別な味がしますよね」

「自家製コロッケ、久しぶりだね。ね？　ぞうさん」

高津さんがぞうさんに話しかける。

「やっぱり、沙也加ちゃんが来てくれたからかい」

洗い物をしていたぞうさんは手を止めて「まあ、そうですよ」と言った。

「じゃあ、我々は沙也加ちゃんに感謝しなきゃならないな」

彼は沙也加の方を見て、あははは、と笑った。

コロッケにはいろいろなおいしさがあると沙也加は思う。

「雑」でいつも出している冷凍のコロッケ、あれはあれでおいしい。それから、ちょっとした洋食屋で出すカニクリームコロッケやクロケットと呼ばれる、フレンチに近いコロッケ、あれもおいしい。

けれど、本当の手作りコロッケにはそれにしかない味がある。衣が薄く、箸で割るとその下には柔らかいジャガイモと少しスパイシーな肉。口に入れると、少し乳臭い香りがして、とろりととける。

「ぞうさん、このお肉、何で香り付けしたんですか。胡椒だけじゃないですよね」

沙也加もカウンターの中に声をかけた。

「見てなかったのかい。ナツメグだよ」

「ああそれで。少しおしゃれな匂いだと思った」

そのまま食べても十分おいしいし、ソースをかけるとご飯のおかずにも最高だった。いつも、こういう料理にすればいいのに、と思った。思い切って、コロッケ専門店にしたら、もっと客が来るんじゃないか。あの甘すぎる料理はやめるか、少しにして。そしたら、もっとおしゃれになって、私のような人も来るのに。

……やっぱり飲めるかもしれない。いや、飲みたい。

沙也加は人生でほとんど初めて思った。このコロッケ定食を食べながら、ビールを飲んでみたい、と。

ランチの時間は三時までだ。あと十分くらい。

「あのお、ぞうさん、いいですか……私もビー」

そう言いかけた時だった。

「まだ、やってますか?」

引き戸ががらりと開いて、その女が入ってきた。


きれいな人だ、というのが沙也加の第一印象だし、たぶん、誰が見てもそうだろうと思った。

しかし、それ以上に目に付くのは、彼女の細さだ。普通の痩(や)せている人、というのよりさらに、全体に一回り身体が小さい。睫毛(まつげ)が一本一本、空に向かって伸びるように長く、作り物のようにきれいにカールしている。肌には毛穴一つ見えない。なのに、化粧をしているのかもわからないくらい透明感がある。

「ぞうさん、連絡くれてありがとう。もう、嬉しくて、撮影の間中、ずーっとにこにこしてて、皆にからかわれたくらい」

彼女は自然に、一番奥のテーブル席に座った。黒いリュックを向かいの席に置く。白のシャツに黒のロングスカート。すべてが普通のものばかりなのに、どこかおしゃれだった。

「妃代ちゃんが好きだと思って、連絡したんだよ。うるさかったかい」

「ううん。本当にありがたい」

「定食でいい？」

「ビールも付けちゃう」

ぞうさんが冷蔵ケースに取りに行こうとするのを、「いい、私がする」と言って彼女は身軽に立ち上がった。

もうラストオーダーの時間を過ぎているのに……、沙也加は内心思いながら、立ち上がってカウンターに入った。「あんたはもういいよ」

ぞうさんが低い声で言った。

「え」

「あとは妃代ちゃんだけだから、あたしだけでもできるから」

「でも」

「大丈夫だよ」

カウンターの外では、高津さんと彼女が話している。

「久しぶりだね」

「はい。最近、ちょっと忙しくて」

「この間、テレビで観たよ。インカ帝国の取材に行ってたよね」

「あ、あれ、観てくださったんですか。嬉しい」

沙也加は首を伸ばして、そちらの方に目をやった。

「あの人、誰なんですか」

ぞうさんの耳元で尋ねる。

「……桜庭妃代子、知らないのかい」

「名前は聞いたことがあるような」

モデルからテレビタレントというか、レポーターになった人ではないか、と気がついた。

「もう休憩だろ。まかないを食べて片付けてくれたら、本当に大丈夫だよ」

ぞうさんがまた促した。気を遣ってくれているのかもしれないが、まるで、あの人が来たから追い払われているような気がした。もしくは、有名人が来たから、詮索好きのお節介な店員を追っ払いたいと思っているのかもしれない。

沙也加はのろのろとカウンターから出て、席に座り、定食の残りを食べた。もう、コロッケは冷め始めていた。

「妃代ちゃん最近、来ないから、この店の男どもはこのところ元気なくてさ。ちょっと客足が減ったくらいだったよ。皆、妃代ちゃんが来ると浮き足立ってたからなあ」

高津さんもめずらしく、軽口を叩いている。前には「沙也加ちゃんが来てから、店が明るくなったなあ」って言ってくれていたのに。

そんなことより、彼の言葉にひっかかるところがあって、まかないを食べていた顔を上げてしまった。

「そんなあ」

「ほら、高津さんもいい加減にしな。妃代ちゃん疲れているんだから」

ぞうさんが割って入る。彼女が客をたしなめるなんてほとんどないことだ。いつもは客のことには我関せずなのに。

その時、気づいた。

ぞうさんが高津さんを注意しながら、ほんの一瞬、こちらを見たのを。ちらっとだけど、確実に目が合った。

彼女の目の中に「心配」の色が見えたのは、気のせいだろうか。


帰宅する途中でスマホで彼女のことを調べた。

桜庭妃代子、二十七歳。

やはり思っていた通り、十代の頃は雑誌モデルをしていて、大学卒業後、テレビの世界に入った人だった。

帰国子女らしく英語も堪能で、今はタレントと海外ロケのレポーター、グルメレポーターなんかの仕事が多い。でも、肩書きは「タレント、女優」となっていた。実際、何度か、ドラマにちょい役で出ているらしい。

若い頃撮った、水着グラビアなんかも出てきた。痩せすぎているけど、真っ白で透き通るような身体だ。思わず、見惚れてしまう。

しかし、不思議だったのはそういった写真では「少しきれいな、でも、ありきたりのタレント」くらいにしか見えなかったことだ。実際に目にした時の、超人的な美しさは画面からは伝わってこなかった。

芸能人ってすごいんだなあ、と改めて思う。

いくつかインタビュー記事もあった。

「一人で定食屋さんなんかも行きますよ。おいしい料理でビールをぐっと飲むと、生きてるなあって疲れが取れるんです」

美人だけど、気さくで親しみやすい人柄が売りのようだ。

急に、車のクラクションが近くで鳴って顔を上げると、軽自動車が自分とすれすれのところを走って行った。

「うわあっ」

あまりにも記事に熱中しすぎて、車にひかれそうになっていた。

スマホをバッグにしまった。

それでも、読んだ記事が頭の中に浮かんでくる。

——もしかして、あの人が健太郎と？

いや、彼があんな美人の芸能人と、ということはさすがにあるわけがない。

でも、ふっと思い出した。

健太郎が家を出て行く数ヶ月前から、彼が急に海外ものの情報番組を観るようになったのを。

それも録画して、沙也加が寝た後、夜中に一人でこっそり観ていた。

沙也加は興味がなかったので、別に気にもとめなかったが。

——まさか。

もちろん、彼のような普通の男が彼女と付き合うなんて、考えられないけど、あそこで会って一方的に恋をした、くらいのことはあるのではないだろうか。

沙也加は深夜、自宅のキッチンに立っていた。

部屋は暗いが、そこだけは明かりをこうこうとつけている。

健太郎が出て行ってから、こんなに真剣に料理をするのは久しぶりだった。頭の中をぐるぐると巡る嫌な想像を振り払うように、目の前の作業に集中する。

家の琺瑯の鍋に醤油、みりん、酒、砂糖を入れて、煮立たせる。沸いたところに鰹節をがばっと入れて、さらに沸騰したところで火を止めた。

丁寧に漉して、味を見た。

相変わらず、甘い。

けれど、「雑」で使っている「すき焼きのたれ」よりはましのはずだ。

醤油は金笛醤油、みりんは三河みりん、砂糖は和三盆を使った。酒だって、そのまま飲んでもおいしいものだ。出汁も利かせた。

醤油とみりんは同量だが、砂糖は思い切って半分にしてみた。それだけでも十分甘いし、出汁の旨味が入っている分、甘みが少なくても、おいしく食べられるはず。さらに上質の材料を使うことで、砂糖がなくても満足できる味になるはず。

——まだ甘いけど、ここから少しずつ砂糖を少なくしていけば、最後には醤油とみりんだけくらいまで減らせるかもしれない。

沙也加は自家製の「すき焼きのたれ」を作って、「雑」のぞうさん並びに、常連さんたちをも「砂糖断ち」させるつもりなのだ。彼らの健康のためにも、その方が絶対良い。

何度も味見をする。

最後に、「これでいい」とにんまり笑った。

「なんだ、これ」

沙也加から渡された瓶を持ったまま、ぞうさんは顔をしかめた。

「あー、昨日、ちょっと作ってみたんです。えー、一人暮らしで調味料とかが余ってるんで、少しでもお役に立てれば、と思って」

ぞうさんは瓶の蓋（ふた）をひねって開け、中身の匂いを嗅いだ。

「あの、いつも使ってる醤油……まあ、本来はすき焼きのたれですけど、その代わりに使ってもらえればいいと思って」

ぞうさんはスプーンを使って、一さじすくい、口の中に放り込んだ。

深くため息をつく。

「いえ、ちょっと思いついたんで、まあ、よかったら使ってみていただけないかと……」

ぞうさんの表情を見ながら、沙也加はだんだん声が小さくなってきた。

「いくら？」

「へ？」

「いくらなんだよ、これ」

「いえ、だから余ったものを……」

「安くないいんだろう？　厳選した材料を使ってることくらい、あたしにだってわかるよ、これでも料理人の端くれだ。いくらなんだよ」

「ですから、家にあったものを使っただけなので、本当にいいんです」

嘘だった。調味料は渋谷のデパートで買ってきたものだ。三河みりんは一升瓶で買ってきた。上質な日本酒や焼酎と同じくらいの値段がする。

ぞうさんはちっと舌打ちして、瓶の蓋を閉めた。

「……何があった？」

「え？」

「どうしたの。何かあったか。ここんとこずっとおかしいよね」

「そうですか」

「そうだよ、一週間くらい前から……」

　コロッケを作った日だ。

「やたらとはしゃいだり、逆に急におとなしくなったり」

「自分では気がつきませんでした。すみません」

「うちは街の定食屋なんだよ。ただの定食屋。客はうちに来て、ご飯を食べて、お酒を飲んで帰って行く」

「はい」

「それがさ、店の店員の心の中がバタバタしてるんじゃ、客も落ち着かないだろ？　わかる？別に特別なことを求めているわけじゃない。ただ、ご飯を食べて、帰るだけ。三つ星レストランみたいな接客も、キャバクラみたいなお愛想も必要ない。でも、客の邪魔になっちゃいけないんだ」

「……はい」

「あたしが一度でも、愛想良くしろとか、丁寧にしろとか言ったことある？」

「ないです」

「そんなのいいから、ただ、普通にしていて欲しいと思ってるからだよ」

「……」

「何があったの？　言ってみな」

　そこまで言われて、話せるような気になった。確かに、ぞうさんは接客に関して、沙也加に注文をつけたことはなかった。

「自分でもわかりませんけど……たぶん、桜庭さんが」

「ええ？　妃代ちゃんか？」

「彼女が来てから、ちょっといろいろ考えてしまって」

「あんたが何を考えることあるんだい。あの人は芸能人で、初めて会った人だろ？」

そこで、沙也加は告白した。

そろそろ誰かに聞いてもらいたい頃だった。家族にも友達にも話していなかったから。

「私の夫は三上健太郎といいます」

「そうかい」

「この店を利用してたんです。知ってましたか」

「知るわけない。名前なんか訊かないし、領収書でも切らなければ」

沙也加はスマホを出して、健太郎の写真を見せた。

ぞうさんはメガネを取って、じっと見た。

「ああ、来ていたかもしれないけど……」

「その程度ですか？　私、もしかしたら、ぞうさんが、私が彼の妻だと気づいているんじゃないかと思ってました」

「気がつかない、気がつかない」

彼女は手を顔の前で大きく振った。

「そんなに客のことに注意してないよ。忙しいし」

「そうですか……それで、夫はですね……」

夫が出て行ったこと、この店を利用していたこと、ただ、ご飯と一緒に酒を飲みたいと言われたけど、どうしても信じられないこと、たぶん、この店で女と会っていたか恋をしたのではないかと疑っていること、それは桜庭妃代子じゃないかと思っていること……。

「妃代ちゃんが?」

「はい」

「あんたの旦那の相手だって?　あはははは」

ぞうさんは大笑いした。ここまでの笑顔は初めてだった。

「あんた、途方もないこと言うね」

「だって、他に考えられないんです。それに、ぞうさんだって、私の方、ちらっと見たじゃないですか。あの人が来た時」

沙也加は、妃代子が来るとこの店の男たちが浮き足立っているという話を高津さんがした時のことを説明した。

「見たかなあ?　ぜんぜん、覚えてない」

ぞうさんは首をひねる。

「だからてっきり、私、ぞうさんは私が健太郎の妻だと気づいて、妃代子さんとの関係も知ってたから見たのかと」

「あたしは霊能者や占い師じゃないんだよ」

「でも、食べ物屋さんの店員とか、そういうの鋭くて、お客さんのすべてを知ってるとか言うじゃないですか」

「とにかく、それはあんたの勘違い。あと、はっきり言って、まああんたの旦那はそこそこいい男だとは思うけど、妃代ちゃんの相手じゃないね。レベルが違う。あんた、旦那がそれほどモテると思ってるの。昔から、女房の妬くほど亭主モテもせず、っていうじゃないか」

「知りません。初めて聞きました」

「とにかく、そう言うの……それに妃代ちゃんはいい子だよ。そんなことするわけない」

ぞうさんは妃代子がこの店に来ることになった理由を教えてくれた。

「前に、店がテレビの取材を受けてさ」

「えー、この店が⁉　まさか」

沙也加は驚きの声を上げてしまってから、にらまれて謝った。

「すみません」

「……とにかく、取材はされたんだけど、結局、放送はされなくてね……その時、わざわざ謝りに来てくれたのが、レポーターだった妃代ちゃん。自分は悪くないのにね」

「ふーん。いい人ですね」

「とにかく、訊いてみるしかないじゃないか」

「何を」

「そういうことはさ、本人に訊いてみるしかない。直接、旦那本人に訊いて、話し合うしかないだろう?」

「はい……でも、怖くて」

「そうだろうけど、しかたないよ」

ぞうさんは沙也加の肩をぱん、と叩いた。


「久しぶりだね」

メールで連絡しても、「渡してある離婚届に判を押して返してくれ」という返事しか来なかった。

しかたなく、「離婚届を書いたから、それを渡すために会いたい。手渡しじゃなければ渡さない」と言ったら、やっと約束をしてくれた。

土曜日の十時、渋谷の喫茶店で会った。「雑」は昼の時間だけ、お休みさせてもらった。

彼は仏頂面で、十分遅れてやってきた。

「この後、会社に行かなくちゃならないんだよね」

「そんな……」

この人、本当に自分の夫なんだろうか、と改めて思う。

自分の都合で別れようとしている妻に、こんなに冷たい言葉をかけるなんて。

第一、そう簡単に離婚できると思っているのだろうか。

気持ちがくじけそうになった時、ぞうさんが言ってくれた言葉を思い出した。

「離婚なんて、自分が納得できるまでしなければいい。お金だって、本当は、収入の少ない方が正式な離婚が決まるまで足りない分を請求できるんだから、どうどうと要求すればいいさ。とにかく、自分の気持ちが収まるまで決めなくていいんだから。行っておいで」

ぞうさんはやたらと離婚に詳しかった。その言葉に背中を押されて、口を開いた。

「離婚したい本当の理由ってなんだったの？」

「え？」

「実は私、あの店で今、働いてるの。あなたが通ってた」

「え、『雑』で？」

「そう」

沙也加は店に行くようになった経緯を話した。

「……少し、わかってきたような気がする。お店でご飯を食べながら、お酒を飲んでる人を見て。ぞうさんに料理も習ってるし。今なら、あなたのことを許せる。あの店に行きたければ行ってもいいし、良ければ私も一緒に行きたい。うちでご飯を食べながらお酒を飲んでもいいよ。何より、あそこで働いて、いろんな人がいるんだってことがわかった」

健太郎はしばらく考えていた。そして、やっと口を開いた。

「許せるか……」

「うん」

「……沙也加にとって好ましい食べ方や飲み方があるように、俺や他のやつにだってあるんだよ。どっちが許すとかじゃない。どうして、自分だけが正しいって思えるんだろうな」

「え」

「……ごめん。もう、遅い。申し訳ないと思うけど、もう、気持ちが離れてしまったんだ。沙也加から」

泣きそうになった。でも、ぐっと涙をこらえた。

「好きな人、いるの?」

それはあの、妃代子さん、という言葉は心の中でつぶやいた。

「……そういうことじゃない。本当にそれは違う」

「わかった」

しばらく、二人でじっと黙っていた。

「でも、私もごめん。まだ、まだ、少し待って欲しい。まだ、気持ちが整理できない。離婚は少し待って欲しい」

「わかった」

健太郎は席を立って、店を出て行った。

沙也加はやっぱり泣いてしまった。

ランチの終わった頃、店に着いた。

沙也加の顔を一目見て、ぞうさんは言った。

「ご飯、食べるかい」

本当はまったく食欲がわかなかったけど、そこにいる理由が欲しくて、「はい」と言ってしまった。

メニューはチキン南蛮にゴマよごしだった。

ぞうさんが運んでくれたトレーを見て、沙也加は自然に立ち上がった。そのまま、冷蔵ケースまで行って、瓶ビールと霜のついたグラスを持ってきた。

チキン南蛮を一口食べる。

相変わらず、甘く、そして、酸っぱい。

ビールの栓を抜くとグラスに注ぎ、ぐっと飲み干した。

「おいしいもんですね。ご飯とお酒は……」

悪くないかもしれない。むしろ、ほんの少し、心地よさすら抱いている。

「今なら、おいしいってわかるのに。私、自分が良いと思ってることを夫にもわかって欲しかっただけなんです。でも、押しつけてばかりだったんですね」

健太郎に言われたことを思い出すと、また泣きたくなってしまう。もっと早く気がつけたらよかった。けれど、こうやってずっと生きてきた以上、簡単に変われるとも思えない。

ぞうさんが自分のことをじっと見ている。

「あんた、気がつかないのかい」

「え」

ぞうさんが、前に沙也加が持ってきた瓶を持ち上げてみせた。

「それって……」

「使ってみたよ」

もう一度、チキン南蛮を食べる。確かに、甘いけど、前よりは甘くない。それに心なしか旨味も加わっているような気がした。

「悪くないね」

ぞうさんがぶっきらぼうに言った。

「本当ですか！」

「まあ、しばらく、使ってみてもいいよ」

ぞうさんがあっさりと採用したせいか、それまで意固地になっていた自分がしぼんでいく。身体から力が抜けた沙也加は微笑んだ。

そして、こみあげてくる涙が落ちないように、猛烈なスピードで、ビールと一緒に定食を食べ出した。

第2話　トンカツ

「極限まで薄いカツというのを試作したんだよね」

みさえは気がついたら傍らにいるカワイコちゃんに語っていた。

この「気がついたら」というのがミソで、みさえは我ながら驚く。

話しかけている三上沙也加はテーブルを拭きながら、ふうん、と相づちを打った。ちゃんと聞いているのか、いないのか、よくわからない。

だけど、これがいいのだ。

聞いているか、聞いていないかくらいで、でも、無視したりはしない、という距離感。いちいち返事されたり、意見されたりしたら疲れるし、逆にまったく相手にされなかったらみさえも傷つく。

「前の店主とさ。あの人が『薄いカツを作ってできるだけ安く食べさせてやろう』って言って」

「へえ」

今度はわりに積極的な返事をした。顔をこちらに向けてうなずきながらの「へえ」だ。

「最初は一センチくらいから始めて……まあ、普通のカツだよね。八ミリ、七ミリって少しずつ薄くして、最後は生姜焼き用の肉でやってみて、ここのカツが完成した」

話しながら、みさえの手はせわしなく動く。ちょうど今話題にしている、生姜焼き用の肉に衣をつけている。

　とろみのあるバッター液……水と卵と小麦粉を混ぜたものに、塩胡椒した薄い肉をどっぷりつけ、それをパン粉が入った大きなプラスチック容器に移し、パン粉をまぶして上から優しく包むように押す。まるで自分のものでないみたいに、何十年もこうして衣をつけてきた手は動く。

　肉は薄いし、小麦粉もパン粉も決して高いものではないのだが、手間はかけている。

　例えば、塩胡椒はバッター液に混ぜ込んでもいいのだが、どうも味がぼんやりするし、焦げ付きやすい。それで、面倒でも肉一枚一枚に塩胡椒を振ってから衣をつけることにしている。

　衣をつけた状態で作り置きし、客が食べる直前にラードの入った油で揚げれば、独特の風味とともに、薄くても皆が喜ぶトンカツになる。常連の中にはこの薄いカツを「紙カツ」なんて呼ぶものがいて、うまいこと言うなあと思っていたら、そういう料理は以前から別のところにもあるらしい。

　カレーに添えれば、カツカレー、四百九十円だ。薄いけど二枚つく。

　以前は国産のロース肉を使っていたのを、最近はカナダ産の豚肉を使っている。なんでも、日本人に合わせて豚の餌からこだわっているそうで、みさえも試食して、なかなかおいしいと思った。常連客にも肉を変えたことはわからず、むしろ「味が良くなった」と評判だ。カナダ産の豚ロースなら、百グラム百円以下で買える。

「そりゃ、もう少し厚くしても金額はそう変わらないかもしれないけど、生姜焼き用ならどこの店でも買えるし、自分たちで切る必要もない。そういう手軽さも、長く安く出せる秘訣だって言って」

「……前のぞうさんが？」

カウンターを拭いていた沙也加が急に尋ねてきて、みさえはちょっと黙った。自分が話しかけているのに、予想外の質問に驚いたのだ。

「そう。前の店主がね」

「ふーん」

沙也加がここに来て「働きたい」と言った時、最初に洗い物をやらせてみた。丁寧すぎないけど皿に汚れがついてはいない、という感じの洗い方で、まあ、気に入った。ただ、実際に気に入ったのは他のところだった。

このカワイコちゃん相手だと、自然に話すことができるのだ。

前に来ていた子で、その辺がどうにも合わない娘がいた。

みさえの遠い親戚の奈江（なえ）という子で、前職はチェーン系の居酒屋会社に勤め、自分自身も店に立ったことがあった。その会社がいわゆる「ブラック企業」というやつでほとほと疲れて退職したそうだ。でも、食に関する職業に就きたい、という気持ちは変わらず、大学で管理栄養士の資格まで取っているという。

願ってもない人材、いやむしろ、立派すぎる経歴だった。親戚ということもあり、みさえとしてはゆくゆくはこの店を継いでもらってもいい、などとまで考えていた。

――あれはあたしも悪かった。高望みしすぎたというか、夢を見ちゃったんだよねえ。

奈江はいい子だった。真面目すぎるくらいにいい子だった。容姿も悪くなかった。目鼻は小さいけど整った顔だちで、私語はほとんどしないで、黙々と働いた。

みさえがちょっと声を出すと、すぐに近くに駆け寄ってきて「はい！　そうですね！」と返事をした。ただの雑談でも。チェーン系居酒屋で注文やお願いをした時に「はいっ！　喜んで！」と叫ぶ店があるがあんな感じ。実際、間違えて、「はい！　喜んで！」と言ったこともあった。前の会社のやり方だったらしい。

それはまあ、返事というより泣いているみたいな「はい」で……そんな声を出さなくてもいいんだよ、聞き流してくれてもいいんだ、と何度、諭してもダメだった。彼女には悪気がなく、無意識にやってしまっているようだった。

みさえだけでなく、ただの客にもそうだった……いや、客に対してはみさえ以上にそういう、チェーン系居酒屋的対応だったから、店全体がなんだか落ち着かなくなった。雑談はしない代わりに「はい！　喜んで！」「恐れ入ります！」「ご注文繰り返させていただきます！」「申し訳ございません！」「ありがとうございます！」……そういう言葉だけ何度も叫ぶのだった。

常連たちは最初、奈江をかわいがり……というか、一応、一通り「若い子が来ていいねえ」「店が華やかになる」と褒め（実態はそうはありがたく思っていない。彼らはとにかく雑で安い料理と酒があればいいのだから）、そののち、キンキンと響く彼女の声に恐れをなし、あまり長居をしなくなった。そそくさと食べて店を出て行く。

みさえにしてみれば常連たちがゆっくり過ごそうと、過ごせまいとどちらでもよかった。それでなくても忙しい店で、昼は近所の会社や店の店主たちでいっぱい、そこそこもうけが出ていたし、夜もまあそれなりに混んでいて多少客が減っても問題はない。むしろ、店の回転が上がればありがたいくらいだ。

ただ、自分がちょっとつらかった。どうでもいいようなことを話せなくなったし、店の中に甲高い声が響き渡る。

注意しても直らないとなると、何も言えなくなった。だんだんわかってきたのは、彼女がとても傷ついているということだった。前職での疲労や我慢がまだ蓄積していて、それが今の彼女の大声につながっている……そんな気がした。気の毒だったけど、みさえにはどうしようもなかった。

なんとなく店になじんでいないということは奈江にも伝わった。常連たちは彼女に冷ややかになって、時には苦笑いしたり、耳を押さえて「年寄りはそんな声を出されると死んじゃうよ」などと言った。

それが積み重なってくると、彼女は変わった。あからさまに定食屋「雉」とその客をバカにするようになった。挨拶の声はますます大きくなり、それなのに慇懃無礼というか、木で鼻をくくったような態度になった。

当時はまだみさえも足や腰が悪くなかったので、厨房を自分がやり、彼女には客の応対を任せていた。彼女は自分の仕事が終わるとすぐに空いている席に座り、満席の時には壁に寄りかかっていた。妙に凝ったネイルをするようになり、何千円、いや、何万もかけているようなそのネイルをずっといじっていた。

　たぶん、「私はこんな店にいる人間じゃない。こんな店の客にバカにされるような人間じゃない」と言いたいんじゃないか、とみさえは推測した。

　奈江にやめてくれ、ということはどうしてもできなかった。親戚だったし……何よりも、彼女が傷ついていることがわかったから。

　地獄のような時間だった。

　みさえにとっても、常連にとっても、何より、奈江にとっても。

　――あのカワイコちゃんは本当にかわいそうな子だった。

　最後は結局……。

　当時のことを思い出して、みさえはぎゅっと目をつぶった。それでも、記憶を頭から追い出すことができず、手元のトンカツに力をこめる。それでも足りなくて、全体重をかけてトンカツにパン粉を押しつけた。

「……そんなにしたら、肉もパン粉もつぶれませんか」

　沙也加の声が聞こえてきて、慌てて目を開ける。新しいカワイコちゃん。それがテーブル席を拭く手を止めて、こちらを見ている。

「ああ。いけない」

　沙也加はふふふと笑って、また拭きだした。

　――これくらいでいいんだよね、これくらいで。

「今日の定食、何にするんですか」

「肉は鶏のゆず胡椒焼き、魚は……鯖が買ってあるんだ。塩焼きにするか。いや、塩焼きだと、ゆず胡椒焼きとちょっと味がかぶるね。味噌煮にするか。普通だけど」

ふふふ、と沙也加はまた意味ありげに笑ってこちらを見る。

実は、ゆず胡椒焼きというのは沙也加に教えてもらった料理だ。

ゆず胡椒というのはもちろん知っていたし、家で鍋の薬味なんかにすることはあっても、店で使ったことはなかった。それが沙也加に「鶏肉とか豚肉とか、ゆず胡椒で味付けするとおいしいですよ」とアイデアをもらった。最初はこんな一見、何の味もついていないような料理、皆の口に合うかね、と半信半疑だったが(それまで鶏肉はから揚げか照り焼きが人気の定番だった)、意外と評判がよく、夜メニューのつまみとして出して欲しいなんて人もいる。簡単だし、今では三週に一度は出している。

他にもこのカワイコちゃんから教えてもらった料理はあって、鶏肉の醬油麴焼きもその一つだ。塩麴は知っていたけど、醬油麴は知らなかった。塩麴はただ白くてどろどろした感じで、味ももう一つ決まらない気がしていた。店で使うなんて考えたこともなかった。でも、カワイコちゃんが持ってきてくれた醬油麴は悪くなかった。カワイコちゃんによれば、これを使うと塩分が半分に抑えられるとかで……その講釈は気に入らなかったが、実際、作ってみるとこれまた評判は悪くなかった。値段も安い。定番メニューに入れるほどではなかったけど、たまには定食メニューに入れてもいいくらいだ。

これまで、ほとんど、醤油三種、「すき焼きのたれ」「めんつゆ」と普通の「醤油」で作ってきていて、料理のほとんどは茶色だったのに、これが変わっていくのは少し落ち着かない。

だけど、ゆず胡椒焼きはみさえ自身でも、おいしい、と思ってしまったのだからしかたがない。

——あたしは頑固じゃないんだよ。うまいと思えば入れるさ。

自分で自分に言いわけしている。

「いいんじゃないですか、鯖の味噌煮」

「……え」

いろいろ考えていて、カワイコちゃんへの返事が遅れてしまった。

「ぞうさんの鯖の味噌煮、評判いいじゃないですか、おいしいし」

「ああ、そういうこと」

みさえは不承不承うなずく。悪い気はしないけど、一言添えないと気が済まない。

「だけどね、やっぱり、昔ほどではなくなったね」

「昔?」

「前はもっと注文があったんだよ。肉より魚の方が売れることがよくあった。だけど、今は十食も出ないこともあるだろ」

「若い人は肉ですからねえ」

「まあ、魚は最近高いし、正直、原価から考えたら、あんまりもうけがなくて、こっちにしたらありがたいけどね。でもそうは言っても、常連には絶対、魚しか食べないって人もいるし」

話しながら気がつく。あれ、このカワイコちゃん、鯖の味噌煮、おいしいって言ってなかったか？　前は、というか最初に食べた時は一口食べて「甘い」とつぶやき、麦茶をがぶがぶ飲んでいたのに。

下を向いて作業していてよかった。顔がちょっとにやけてしまう。

「掃除終わりました。何か手伝いますか」

「ああ、じゃあ、スパゲッティサラダのきゅうり切ってよ」

ええと、なんだっけ。この子の名前は、とみさえは考えるけど、それは脳の中を泳いで、捕まえることができなかった。カワイコちゃん、というのはみさえが心の中で呼んでいる名前で、口に出したことはない。

——だって、名前が覚えられないんだもの。

その日も深夜近く、足を引きずりながら家に帰った。

営業時間はだいたい十時くらいまでと決めていたが、客がいればなんとなく開けていたし、彼らが帰ってから片付けがあるからだいたいこのくらいの時間になる。

家は店から徒歩五分のアパートの一室だ。すでに五十年以上住んでいる。

「ただいま、よっこらしょ」

部屋に帰ってくると自然に声が出てしまう。二階だから、それだけで息が切れるのだ。靴を脱ぎながら、身体がかしぐのを利用して電気をつける。毎晩のことで流れができていた。ぱっと部屋が明るくなると、和室の六畳間に二畳の台所、押し入れに小さなベランダ、という見慣れた自分の城が一目で見わたせた。

あまり余計なものは置いてない。少し前、四十代くらいまでは部屋に結構荷物があった。花瓶やぬいぐるみなど、ちょっとした飾りやインテリア、衣服や靴などが並んでいた。だけど、だんだんそういうのが嫌になって、一つ二つと片付け、気がついたら、何もない部屋になっていた。今流行りの断捨離とかミニマリストとかそういうむずかしいことじゃない（テレビを観ているから、みさえもそういう流行り言葉は知っている）。自然と片付けたくなったのだ。

あの歳でそういう気持ちになってよかった、とちょっと自分に感謝している。まだ若かった。今だったらとても身体が動かなかったに違いない。

よろよろと部屋の一番奥まで行って、テレビをつける。深夜番組が映り、ぎゃははは、という笑い声が部屋に響いた。それを聞きながら靴下を脱いで洗濯機に放り込み、シャツ、ズボン、下着と次々と脱いだ。そのまま風呂場に入って汗を流す。バランス釜というやつで、レバーを回して点火するタイプのさらに古い型だ。シャワーはなく、出てきた湯を桶にためて身体にかけて汗を流す。手ぬぐいを使って身体をこすった。一人で毎日、風呂を沸かすのは贅沢で、面倒だった。

このアパートを探してくれたのは、前のぞうさんとその妻の好子（よしこ）だ。食べ物商売だから身ぎれいにして欲しいし、閉店後片付けまでしてそれから風呂屋に行くのじゃかわいそうだ、と風呂付きにしてくれたのは、本当にありがたかった。当時、東京で若い女が一人で働いて、風呂付きのアパートに住めるということはなかなかの好待遇だった。みさえは最初にこの部屋に来た時、あまりにも嬉しくて小躍りした。しかし、そこにこんなに太ってよろよろするまで住むことになるとは思ってもみなかった。今じゃ、小躍りなんかしたら下の階から苦情が来るし、自分もめまいを起こして倒れるかもしれない。

とはいえ、じゃあ、その頃の自分がどんな未来を描いていたのか、と言われるとそれもまた、定かではない。明確なビジョンなんてなかった。店に勤めながら勉強したいとか、結婚したいとか。そんなことは考えてもみなかった。強いて言えば、嫌なことがあったらすぐやめようというのと、働いていればなんとなく結婚相手が現れ、なんとなく結婚し、子供ができ、歳を取っていくのだろうと思っていた。

そして、五十年以上が経ってしまった。

「まあ、しょうがないよねえ」

缶の酎ハイを飲みながら、テレビを観ていると自然に声がもれてしまう。

あの店に来て前のぞうさんが死ぬまで、家賃は店から払われていた。家賃以外にプラス数万円。そんな小遣い程度の給金で、別に不満もなかったし、毎日楽しく、暮らしていた。

給金は毎年少しずつ上がり、好子が死んで、ぞうさんも死んで、店が自分の手に渡ると（別に欲しくもなかったのだが）、自分で家賃を払うようになっていた。

管理費込みで六万五千円。部屋なんて探したこともなかったから、それが高いのか安いのかもわからなかった。

ただ、数年前に不動産屋から連絡があって、アパートが古くなったし、他の部屋も安くするので、ということで自然に家賃が下がった。五千円安くなって六万円。

「大家さんの方から言われるなんて、めずらしいですよ。そちらが何も言ってこないからって、言ってました」

不動産屋にそう言われた。もしかしたら、これまでも交渉すればもっと早くから安くしてくれたのかもしれないし、その時だって頼めばさらに安くなったのかもしれない。

だけど、そういうことを言ったり、頼んだりするのは面倒だし、ちょっと恥ずかしい。

そんなふうに思っていたら、大家が店に食べに来た。

彼はみさえより十は上で、きびがらのように痩せていて、きびがら細工の小物のような肌の色をしている。みさえは心の中できびがら、と呼ぶことにした。あのアパートを持っていたのは彼の親で、自分は二代目だそうだ。

「あんたはいつもちゃんと払ってくれるから」

そこで言葉を切ったが、きっと「ありがたい」ということなんだろうな、と思った。きびがら大家はカツカレーをカウンターに座って食べた。

「妻が死んだから」と勘定を払いながら言った。

また、そこで言葉を切ったけど、たぶん、これは「だからご飯を作る人がいなくなり、食べに来た」ということなんだろうと思った。

そういう言葉の足りない大家ではあるけど、それから時々、食べに来てくれるようになった。

そして、半年ほどすると、また、自然に家賃は五千円下がり、五万五千円になった。店で特に優遇しているつもりはないが、何かのお礼くらいの気持ちなのかもしれない。

「……まあ、ここらの相場ではちょうどいいくらいなんじゃないでしょうか」と不動産屋が言った。だったら最初からそうしてくれたらいいのにと思ったけど口には出さなかった。彼も、時々、ランチだけは店に来る。揚げ物ばかり食べている。

そういう五万五千円の部屋で酎ハイを飲みながら深夜番組を観ることがみさえの唯一の楽しみ……というか、別に楽しくもないのだけど、ほっと休める時間であることは確かだ。

晩飯は店で余りものを食べてきた。今日は白飯、味噌汁、揚げ物、ポテトサラダだった。カワイコちゃんを帰したあと、まだ残っている客が帰るのを待ちながら、カウンターでかき込んだ。だから、家では酒だけで十分だった。

そうしているうちに眠気が回ってきた。

「さあ、寝るかね」

身体を動かす時、いちいち声に出さないとうまく動き出せない。

とはいえ、低いベッドを押し入れの反対側に置いてあるから、ただ、横になればいいだけだ。よっこらしょ、とまた声を上げた。背中の痛いところに、バスタオルを畳んだものをあてがって横になる。

目をつぶると自然に眠ってしまった。

でも、困ったことに、必ず、朝五時頃、尿意で一度目が覚めてしまう。

トイレに入って出てくると、台所の窓が白く光っているのが見えた。朝は九時には店に行かなくてはならない。八時には起きなくては。

眠れるだろうか。みさえはベッドの上に横になって目をつぶる。

昔から眠りは浅く、こうして明け方目が覚めてしまうのも四十代の終わりくらいからだったが、そのあと眠れなくなったのは最近だった。

――今日の日替わりランチはどうしようか。昨日は鶏のゆず胡椒焼きだったから、今日は豚にするか。生姜焼きはこの間やったから別のものじゃないとね。醤油麹焼きにするか。でも、昨日はゆず胡椒、今日は醤油麹じゃ、カワイコちゃんの影響受けすぎみたいじゃないか。ああ、焼肉にしようか。豚焼肉。

焼肉も、定食屋「雑」の人気メニューだった。メインメニューには入ってないけれども、時々、アラカルトで作ってくれと頼まれることもあるほどだ。

――なあに、豚のバラ肉を焼肉のたれで焼くだけなんだが、濃い味付けは評判がいい。玉ねぎやもやし、にんじんを混ぜると、ボリュームも出る。玉ねぎが最近、高いんだよな。少なめにしてピーマンも足すかな。いや、にんじん、ピーマンが増えると文句を言う客が出てくる。子供じゃないんだからうっちゃっておけばいいんだけど。何か言われるのも面倒だし、もやしを増やそう。安いし。でも、もやしを入れると作り置きできないんだよね。ニンニクの芽もおいしいけど、あれ入れると少し臭うから午後の仕事に差し支えるわね。焼肉のたれ、前に使った時の残りがあったかな。いや、あれはもう二週間も前のことだ。新しく買い足した方がいいか。焼肉のたれは案外、足が早い。まあ、どうせ炒めるんだから、火を通せば大丈夫だろう。少なかったら、醤油とみりん、砂糖、ショウガ、ニンニク、ごま油、豆板醤なんかを足せばごまかせる。ごまを足してごまかすだって。あたしったら。ダジャレ言っちゃった。ダジャレは嫌いだよ。ダジャレばかり言う爺が若い頃は本当に嫌だった。まあ、今は聞き流せるぐらいになったけど、歳を取ったということかな。このくらいの買い物なら、店に行くついでに、八百旬(やおしゅん)とスーパーに行けば間に合うか。魚はどうしよう。鯖は昨日、使っちゃった。面倒だから、アジの干物でいいか……。

「あー」

身体の奥底から絞りだすような声が出て、みさえは諦めてベッドから起き上がる。

まだ六時だ。でも、今日はもう、これ以上眠れそうにない。

みさえの一日はこうして始まる。

身体を引きずるように台所に歩いて行って、湯を沸かす。不思議だ。眠れやしないのに、起き上がるとなかなか身体が目覚めない。テレビをつけて、沸いた湯をそのまま湯飲みに入れてゆっくりと飲んだ。茶を入れるのが面倒だと思っていたら、具合よく、朝は白湯(さゆ)がいいというテレビ番組を観て、それからそうしている。

いつもと同じ女子アナが読むニュースを観ていると、だんだん全身が目覚めてきた。

「朝は何を食べるかな」

また、立ち上がって小型の冷蔵庫をのぞいて、食パンを出し、トースターに入れて焼いた。卵も最後の一つが残っていたから、フライパンに割った。できあがった目玉焼きをパンにのせて、ソースをかけて食べる。パンも目玉焼きも店で食べることのないものだ。飽きなくていい。

あんなに眠れなかったのに不思議と、ご飯を食べてお題目のようなニュースを観ていると今度は眠くなってくる。そして、うつらうつらして、家を出なければならない時間に近づくと眠くてしかたなくなる。

——身体のどっかがバカになってるんだろうねえ。

それでも、Tシャツとズボンに着替えて、エコバッグを提げて家を出た。

「おはよう」

下の階に住んでいる老人が部屋の前に置いてある鉢植えに水をやりながら、声をかけてきた。

「おはようございます」

彼は数年前から住んでいる。ここに住んでいるのも、老人ばかりになった。少し前まで、みさえと同じような年頃の会社員や時にはシングルマザーの家族なんかが住んでいたのに。

——いや、あたしだって歳とったんだもの、当たり前だよね。

とはいえ、その頃から住んでいるのはみさえだけで、あとは、皆、ここ数年で住み始めた人ばかり、そして、老人ばかりなのだった。

——皆、どこに行ってしまったのだろう。

皆が皆、死んだわけではないだろうに、いつの間にかいなくなってしまった。

八百旬に寄って、にんじんと玉ねぎ、もやしを買う。ピーマンも安かったから買った。

「運ぼうか」

店の前で品出しをしていた八百旬の旦那——これもまた、みさえと同じ年頃だ——が声をかけてくれた。昔は彼も若かったのに。

「いや、自分で持って行くよ。今日は少ないから」

「そう。何か注文ある」

彼が訊くのは大量注文や特別な食材のことだ。

「しばらく、ないね」

「どこも景気が悪いねえ」

注文がないと言っただけでそう返されて、ちょっとむっとした。景気が悪いのはお前のところだけで、うちはいつも盛況なのに。

彼は一割、値段を引いてくれた。昔からずっとそうだ。

「ありがと」

お互いに言い合って、店を出た。

店を出たら、日が高くなってきた。

今日も暑くなりそうだ。


常連の高津がしばらく来ないと思ったら、なんと自宅で倒れていたらしい。

ということをみさえはカワイコちゃんこと、沙也加に教えてもらって知った。

「ね、知ってましたか、ぞうさん！　高津さん、来ていなかったの、熱中症で倒れていたからですって」

　そう言いながら彼女が店に入ってきた。

「え」

「ほら、六月なのにやたら暑い日があって。それに、高津さん、最近、ここに来てなかったじゃないですか」

　じゃないですか、と言われたって、それ自体を気がつかなかったみさえである。でも、みさえがろくにうなずきもしないことは普通だったから、沙也加はまったく気にしてないようで、そのまま続けてくれた。

「私、訊いて回ったんですよ、他の常連さんや何かに」

「あんた、そんなことしてたの？」

「いけませんでしたか」

　いけないも何も、ランチや晩の、忙しい時はみさえはカウンターの中の厨房にこもりっきりで、接客は沙也加に任せていたから、話は聞こえず、ぜんぜん気がつかなかった。まあ、そのくらい、沙也加を信用していた、とも言える。とはいえ、それを彼女に伝える気はなかった。

「そしたら、大家さんが教えてくれたんです」

「どこの？」

「どこのって、大家って言ったら、ぞうさんのアパートの大家さんに決まってるじゃないですか。あの方がここいらの不動産屋とかに訊いてくれて」

あのあたしよりも無愛想なきびがら大家を動かしたのか。まあ、あの人はあれでいくつか物件を持っている金持ちだから、不動産屋もすぐに動いたのだろう。

「高津さんちはここから歩いて十分くらいの神社の裏の一軒家で、昔、それを買った時の不動産屋が大家さんの知り合いの知り合いで、高津さんが倒れて近所の人が気がついて救急車を呼んだってことを聞いてきてくれたんです」

「ふーん」

みさえはそのこと自体よりも、沙也加が、自分よりこのあたりに詳しくなっていることに感心してしまう。

一方で、少しだけ不安にもなった。

数日後、高津がランチの終わりくらいの時間にやってきた。沙也加は休みの日で、店はみさえ一人だった。

「なんだか、大変だったんだって?」

注文を受けながら言った。すると高津は薄く笑って答えなかった。

「……熱中症だったたって聞いたよ」

「それ、沙也加ちゃんに聞いたのか」

「まあね」

「だよな」

彼は意味ありげにうなずいた。

なんだか気に入らなかったけど、カウンターの中に入って料理を用意し始めた。今日、高津は定食ではなく、ご飯と味噌汁と冷や奴、芋の煮っ転がしというメニューである。

「ぞうさん、沙也加ちゃんに教えてもらわなかったら、気がつきもしなかっただろ」

「さあね」

図星だったから、今度は本当に機嫌が悪くなって、みさえはろくに答えなかった。

「……今日はあんまり、食欲がないんだ」

食事を用意していると、結局、高津は自分から話し始めた。

「熱中症で入院して、ついでに全身調べてもらった」

「それで、なんか出たのかい」

高津のおしゃべりにはあまり関心をもったことがないのだが、歳を取ると不思議と人の身体の不調に興味が出てくる。思わず、聞き返した。

「それがなんにもなくてさ」

まいっちゃったよ、まだしばらく生きていかないといけない、と言いながら高津はどこか嬉しそうである。

「ふん」

なんだ、自慢かと鼻を鳴らしてしまった。

みさえだって、こうして毎日働く程度には元気だが、膝や腰は悪いし、調べれば一つや二つ、数値が高いものがあるし、いつも、医者には「もう少し痩せなさい」と言われる。

何もないというのは、自慢や嫌みにしか聞こえない。

「いや、本当につらいもんだよ。このまま、少なくとも十年くらいは生きていかなければならないからね」

もしかしたら、これもまた彼の本音かもしれない、とみさえは思う。

高津の経済状況は知らないが、ここに週三日くらい来て、ご飯を食べるくらいの金はあるようだし、東京都内に家があるのだからそこそこの資産家だ。それでも、歳を取れば、まったく将来に不安がない人間なんていない。

「ぞうさんだって、別に俺の体調なんか気にしてないくせに」

「え」

「今回、倒れたのに気づいたのだって、沙也加ちゃんだろう」

「そうだけど」

「前に、俺ががんになって入院して手術して、一ヶ月来なかった時はぜんぜん気がつかなかった」

「そんなことあったたっけ?」

首をひねりながら、冷や奴や煮っ転がしをトレーに並べ、彼の前に置いた。

「あいよ」

「いただきます」

文句を言いながら、高津は箸を取って丁寧に挨拶する。そういうところはちゃんとしている人だ。

「そうだよ。一ヶ月ぶりに来店した時、『久しぶり』くらいは言ってくれるのかと思ったら、何も言われなくてさ」

気がつきもしなかった。当時から客の顔なんて見てない。

「そのあとは検査してなかったの？」

「手術して八年経ったからね。五年目でもう治ったと考えていいって言われて病院にも行ってなかったし。今回は久しぶりだった。もちろん、転移もなかった。がんになってから、食事にも気をつけていたし、昔より数値は良くなっていたくらいだ」

「八年も前なら覚えてるはずもないよ」

「そういうことじゃないよ……冷たいんだよ、ぞうさんは」

返事はできなかった。

自分は冷たいのだろうか、と彼が帰ってから考えた。

みさえがここ、定食屋「雑」に来たのは二十代半ばだった。その前は東北の実家に住んで、地元の会社で働いていた。

高校を出てすぐ、学校の就職課の紹介で勤めていたのは、ハンカチの会社だった。

北国の人は手先が器用で我慢強い、という社長の勝手な思い込みというか、偏見で、作られた会社だった。社長は北関東で同様の会社に勤めていたのを独立してこの地にやってきたらしかった。デパートのハンカチ売り場に売っているブランドもののローン生地のハンカチというのは端を細く細く折って、ミシンをかけなくてはならない。ごくわずかでも縫い目がよれると欠陥品となってはじかれる。実際、かなり指先が器用な人じゃないと務まらない。

みさえが入社したのは、会社が始まって二年目、事務方は社長と奥さんだけで回している時だった。みさえは初めて雇った正社員ということで、とても歓迎された。

会社の横に小さな工場があって、そこに年齢もさまざまな手先の器用な女がパートで集められて、来る日も来る日もハンカチの端を縫っていた。最初は工場で作るだけだったけど、そのうち、家庭での内職でも作ってもらうようになった。

みさえは高校の就職課からそこを紹介された時、自分は手先が不器用だから、と固辞したのだが、事務でいいからと言われて行くことになった。

とはいえ、一応、研修としてハンカチを縫う練習はしたのだが、一枚も完成品を作ることはできなかった。指導に当たってくれた社長の奥さんに「あなたには無理だわねえ」と半ばあきれられながら、笑顔でさじを投げられた。その時の彼女の顔を、みさえはあとに何度か思い出すことになった。みさえは社長と奥さんに事務と経理を教えてもらい、内職でできあがったハンカチを回収する仕事を受け持った。

北国の女は我慢強いという社長の偏見が当たったのかどうかはわからないが、ハンカチはよく売れて、東京のデパートからひっきりなしに注文が入り、会社も繁盛した。

みさえはこの頃初めて知ったのだが、国内海外に拘わらず、ブランドもののハンカチというのはほぼライセンス生産で、ブランドネームは入っていても作っているのはみさえの会社のようなところだった。本当に向こうのデザイナーがデザインしたのかわからないような花柄に印を付けるだけで値段がぐっと上がる。とはいえ、ＯＬや学生が買えない値段ではない。

日本が少しずつ豊かになっていった時代だった。皆、海外ブランドの名前をつけたものを欲しがっていた。プレゼントにも重宝され、こういうハンカチは飛ぶように売れた。

内職は一枚十円と安いものだったけど、他の、一つ何銭というような内職に比べたらずっと割がいいということで、とても人気があった。もう県中の手先の器用な女が応募してきているんじゃないかと思うほど、人が集まった。

しかし、検品は厳しく、ほんの少しでも縫い目がそろっていなかったり、ずれているとはねられる。しかもブランドネームがあるから会社が引き取らなくてはならない。ミスはきっちりとパートや内職の手間賃から実費で引かれた。

はねられたハンカチは社内の人間ならいくらでもただでもらうことができたが、あまりにもたくさんたまったので、社長が会社の庭先で失敗したハンカチを売り出したところ、これまた評判になり、結構な売り上げが出た。失敗していると言っても、それは社長やみさえが見ればわかる程度で、一般の人が見たらほとんど気づかないくらいだったからだ。今だったら、ネットなんかで有名になって、ライセンスを持った商社から怒られたかもしれないけど、のんびりとした時代だった。

会社はどんどん大きくなり、工場は隣の土地を買い入れて広げ、内職の職人も増えてきた。最初は社長と奥さんとみさえの三人でやっていたのだが、奥さんが妊娠して休みを取ることになると、それを機にさらに二人の女子社員を雇い入れた。増員が決まった日、社長と奥さんはみさえを家に呼んで、お寿司を取ってごちそうしてくれた。ここまで会社が大きくなったのもあなたのおかげだと言って、金一封ももらった。あれほど嬉しかったことはない。

人を増やしても手が足りなかった。みさえは事務も経理もやり、夕方からは内職の製品を取りに行って、文字通りくるくるとよく働いた。忙しかったけど、充実した日々だった。

内職の製品を取りに行くのは社長とみさえの二人で、それはずっと変わらなかった。お互い、別々の軽自動車に乗って県内の家を回る。集めたハンカチを一度会社に持って帰って、再度社長とみさえでチェックするのだった。

内職の家を回る時、順番や担当は社長が決める。完成品がある程度たまると内職先の主婦たちから連絡があり、完成品を取りに行くのだが、社長が地図を見ながら、「あそこと、ここと……あっちはみさえさんが行って」とか「こっちは俺が行くわ」とかコースを決めてくれる。

ある時、みさえはふと気がついた。社長が行く家が偏っている、と。

できるだけ近い場所を回った方が効率的なのに、時々、そういうことをまったく度外視したコースが設定された。そして、社長が回るのは若くて美しい人妻の家ばかりだった。

社長はころころ太った小熊のような体形に狸のような顔、という実直を絵に描いたような男だった。それでも都会から来た人らしく（その頃みさえには関東はすべて都会に思えた）、言葉数が多く、さらっと人を褒めてくれるようなところがあった。

みさえさんは運転がうまいね、そろばんが早くて確実だから助かるよ、などと言われると悪い気はしなかった。

ああいうところに、女は惚れるんだろうと今ではなんとなくわかる。

狸社長はお気に入りの女の家ばかり回って、帰ってくると妙にすっきりした顔をしていた。彼がお気に入りを作ることは別にかまわなかった。社長がその女たちの誰かとそこまで深い関係になっているとはさすがに思えなかったからだ。彼が彼女たちの家を回っても余計な時間がかかっている感じはしなかった。遅くても数十分程度だったから、女たちと何かできるはずはないと考えていた。

ただ、困ったのは、できあがったハンカチの欠陥品を見極めるチェックが甘くなったことだった。前なら当たり前のようにはねていた製品を合格にしてしまう。みさえが指摘しても、「うーん、いいんじゃない?」と完成品に加えた。あれでは会社の評判が下がるのではないか、とみさえは思ったし、実際、納品したデパートや小売店から何度か注意を受けた。さらに、社長は帳簿をごまかして、彼女たちに一回につき、数枚分ずつ手間賃を上乗せしてやるようにもなった。

弊害はそれだけではなかった。みさえが時々、社長の代わりに彼女たちの家に回収しに行くと、彼女たちはどこか「偉そう」な態度を取った。ミスを指摘してもちゃんと謝らなかったり、時には口答えさえした。もしかしたら、彼女たちは社長の「女」であるため、みさえを自分の使用人であると思ったのかもしれなかった。

みさえもまだ若かった。社長と女たちの間にどんなことが起こっているのか今ひとつよくわからないまま、ただ、どことなく会社内の規範が緩み、だらしなくなっていくのが嫌だった。不倫よりも何よりも、社長と奥さんと自分できっちり作り上げていた場所が崩れていくことがつらかった。

そして、その完全な瓦解はあっという間に起こった。ある日、みさえが外回りから帰ってくると会社にお腹の大きい社長の奥さんがいた。みさえの顔を見ると「お疲れ様」も言わず、帳簿を見せろと言った。他の人はすでに帰ったあとだった。奥さんはまだ名目上は副社長だったし、以前は経理を担当していたのだから、見せない理由もない。

しばらく帳簿をなめるように見たあと、奥さんはみさえに言った。

「日報はある?」

そこには毎日、社長かみさえが記したハンカチの製作枚数やその日行った家が事細かに書いてあった。

日報と帳簿を見比べて、奥さんは何かを悟ったようだった。

「あんた、これ、知ってたの」

帳簿に目をやったまま、奥さんは言った。前はあなた、とか、みさえちゃん、と呼んでくれたのに。

「……いいえ」

半分は本当で半分は嘘だった。何かが起こっていることはわかっていたけれども、定かではなかったのだから。

「あんたも社長とできてるの」

みさえの返事は少し遅れた。あまりにも屈辱的な質問で、自分の耳が信じられないほどだったからだ。だけど、奥さんの方はそうとらなかったらしい。

「……いいえ」

「嘘！」

遅れて外回りから戻った社長は、社長席に座って帳簿を見る妻と、その横に直立不動で立っているみさえを見ただけで何かを察したらしく、ぶるぶる震えてそこに座り込んでしまった。みさえは社長の髪が少し濡れているのに気がついた。東北の冬だ。汗なわけがない。きっとどこかで一風呂浴びてきたに違いない。

「……あんたはもういいよ」

奥さんはみさえの方を見もせずに、そう言った。

彼女もさすがにみさえと自分の夫が付き合っているとは思わなかったのか、それとも、「ここからは夫婦の時間なんだから愛人は引っ込んでな」と見せつけたかったのか、とにかく、幸か不幸かその場所を逃れることができた。

翌日には、社長が複数の人妻と関係していたという話は社内にも広まっていた。美しい人妻たちは解雇された。ばれた原因は簡単で、奥さんの元に女の声でいたずら電話がかかってきたらしい。社長はあの短い時間で彼女たちと関係を持ち、欠陥品を見逃してやったり、数十円の手間賃を上乗せしていたのだった。悲しいほど規模の小さい、みみっちい浮気話だった。

奥さんはその後もみさえをなじった。最初の頃のように夫との関係を疑うことはなくても、あんたは何かを気がついていたはずなのになぜ私に言わなかったのか、と何度も言った。

会社はだんだん居づらいものになっていった。そんな折に両親から聞いた、東京の親戚が自分の店で働いてくれる人を探している、という話は、みさえにとっても渡りに船だった。

今でも、デパートのハンカチ売り場で、あのころと変わらないブランドもののローンのハンカチが売られているのを見ると、みさえは胸が痛む。今はもう、日本で作ったり、内職をさせている会社は少ないかもしれない。どこか、中国か東南アジアで作られているのだろう。

世界のどこかの家の奥さんが、ミシンに向かってそれを一枚一枚かがっている、その後ろ姿が目に浮かぶ。いろいろあったけど、みさえの知る職人のほとんどは真面目で働き者の、指先の器用な人ばかりだった。


翌日、沙也加が顔を見せても、みさえは高津の話を出さなかった。

なんとなく、いつもみたいにつまんない話をすることもなく、もくもくと働いた。沙也加も何も話さない。

下ごしらえをしていたら、ぼんやりと前にいた奈江のことを思い出した。

前の会社の揉め事に疲れたみさえが考えていたのは「家族経営のところは嫌だ」ということと「もう職場の人とはあまり深く付き合わない」「ややこしい関係はまっぴら」ということだった。

そして、自分でもちゃんと意識してはいなかったけれど、職場に何かを期待したくない、とも。

それなのに、両親から遠い親戚で東京に住んでいる人が、定食屋で働いてくれる人を探していると聞いた時、一も二もなく飛びついてしまった。

家族でやってる定食屋、しかも、遠い親戚という職場はどう考えたって、ハンカチ会社より面倒くさそうだった。ただ、当時はどうしても会社をやめたかったし、できたら故郷から遠い場所に行きたかった。親たちもまさか、一応、会社でうまくいっていると思っていた娘が、東京とはいえ、定食屋で働くというような話に乗ると思っていなかったようだ。自分が行きたい、と申し出た時は驚かれもしたし、止められもした。時代的には、そろそろ結婚して仕事をやめていい年齢でもあった。

特に母は、みさえの様子で何かを感づいたらしく「何かあったの？」としつこく尋ねてきた。

「あんた、なんか、あの会社であったんじゃないだろうね？」

だけど、みさえにはうまく答えられなかった。

社長が浮気をしていたというのは、もちろん、周囲の噂になっていた。母が心配してくれているのはわかったけれど、そういう異性のことや性的なことを今まで話したことがない親子関係の中でうまく説明できなかったし、母に疑われているということだけでもショックだった。

「……そんなことないよ」と答えるのが精一杯だった。

みさえは誰にも見送られずに、自分の町を出た。

本当のことを言うと、これを機会に東京に出て、嫌ならすぐにやめて別のところに行ってもいいと思っていた。風呂付きの部屋は嬉しかったけど、「雑」は東京に行くための口実だった。

ただ、冠婚葬祭の時に何度か会ったことのある、あの雑色家の人たちはそう嫌いではなかった。若い頃のぞうさんは映画会社のカメラマンで、親戚の葬式では棺桶の近くに飾ってある白い落雁(らくがん)を取ってきて子供たちに食べさせてくれるゆかいなおじさんというイメージのみだった。その妻も一時期映画関係の仕事をしていて、二人そろって垢抜けていた。

そしてやっぱり、思った以上に働きやすい職場だった。

ぞうさんは合理的な人で、親戚であることや人間関係を店に持ち込まなかったし、妻はほとんど店に顔を出さなかった。

昔はここまで店もボロくなく、ぞうさんを慕って前の映画会社の社員や時には俳優たちも来たりした。毎日が刺激的で、気がついたらすぐに十年くらい経っていて……あっという間にここまで来た。

つらかったのはあの奈江のことくらいだ。

あれは本当にダメだった。奈江が悪いのではない。自分に親戚を使うような腕がなかったのだ。前のぞうさんのように、人間ができていなかった。

みさえは最初、彼女のことを「奈江ちゃん」と呼んでいた。彼女は母方の親戚だった。あの、自分を疑った母親が、「親戚の子を助けてやってくれない」と言ってきたのだ。

そうだ、あの時、自分は少し誇らしかったのだ。あの母親が頼ってきて、「ざまあみろ」という気持ちもあったのかもしれない。

奈江は最後には、みさえの店に来た時よりもずっと悪くなって自分の実家に帰っていった。彼女自身が「あんなところじゃ働けない」と両親に連絡し、親たちは大切な娘が、ブラック企業で働いていた頃よりおかしくなっていたことに驚いていた。

その頃、奈江は店に来たり来なかったりになっていた。遅刻は当たり前で、連絡もなく一日来ないこともあった。みさえにもどうしたらいいのかわからず、かといって事情が事情だけにやめてもらうこともできず、放置するしかなかった。

ただ、奈江の両親はあまりみさえを責めなかった。それだけが不幸中の幸いだった。娘は連れて帰ります、と挨拶に来た時、みさえが平身低頭して謝ると「いえ、あの子もわがままな子ですから」と言った。

でも、みさえの母は違っていて、「せっかくあんたのところに預けたのに」「親族の中で恥をかいた」とずっと文句を言っていた。みさえにはそれが一番つらかったし、そう感じることこそ、自分が母や親戚のことばかり気にしていて、奈江のことを考えていなかった証拠だと自分を責めた。

これがきっかけで、もともと疎遠だった故郷とはさらに遠くなった。

奈江には本当にかわいそうなことをした、と思った。これが前のぞうさんだったら、きっともっと上手に彼女と付き合えて、導けただろう。いや、最初から問題さえ起こさせなかっただろう、奈江は……。

そこまで考えてふと気づいた。奈江、と心の中で彼女を呼び捨てにしていることに。最初は

「奈江ちゃん」と呼んでいた。そしたら、そうだ、あちらから「奈江と呼んでください」と言われたんだった。

それなのに彼女がやめる直前、「奈江、これを一番さんに」と定食を渡した時、「奈江なんて呼ばないでください！」とあの子が叫んだことがあった。

正直、とっさに何を言われているか、わからなかった。ランチの忙しい時間帯で、名前の呼び方なんて、いちいち気にしている暇もなかった。ただ、彼女が怒っているのはわかったので、すぐに謝った。

「ごめんね。わかったから、一番に持って行ってくれる？」

彼女の叫び声で、店の中は静まりかえっていた。もう、ただただ、この場をやりすごしたかった。でも、奈江は引き下がらなかった。

「私はあなたに、奈江なんて呼ばれる筋合いはない」

「わかった、わかったよ。あたしが悪い。謝る。だから一番さんに持って行って」

「私はあなたに……」

彼女はしばらくぶるぶる震えて、そして、定食をトレーごとカウンターにばんと音を立てて置いて、泣きながら店から出て行ってしまった。

「……すみません」

みさえはカウンターの中から出ると、彼女が置いていった定食を確かめ、乱暴に置いた衝撃でこぼれた味噌汁を脇によけた。濡れた部分を拭き、新しい味噌汁をよそってのせた。

その間、顔を下に向けていたから客には気づかれなかったけれど、本当は泣いていた。

たぶん、店で泣いたのはあの時が最初で最後だった。

「……ぞうさんは悪くないよ」

カウンターに座っていた誰かが声をかけてくれた。

「いいえ、ねえ。すみません」

何と答えていいのか、わからなかった。みさえが作業していると、店にだんだん声が戻ってきて、何事もなかったかのように騒がしくなった。その騒がしさが、みさえの救いになった。

整えた定食を一番のテーブルに置いて戻ってくると、自然につぶやいてしまった。

「……あの子、どうするのかねえ」

「戻ってくるでしょ」と常連の一人が言った。

「荷物を置いたままだし、エプロンもつけたままじゃない。あれじゃ電車にも乗れない」

彼は冷静に観察して言ってくれた。

それを聞いたら、なんだか気が抜けて笑ってしまった。カウンターの皆が、くすくすと笑った。

そうだ、あの時、声をかけてくれたのが高津だった。

「……ぞうさん」

思い出に浸っていたらしい。沙也加に声をかけられて、はっと顔を上げた。

「そろそろ、看板出していいですか」

「そうね、いいよ」

あれから、自分はパートやアルバイトの女の子のことを名前で呼んだことがない。心の中ではカワイコちゃん、呼ぶ時は「ちょっと」とか「あんた」とか言えばこと足りる。だいたい、一人くらいしか雇わないし。


「ありがとうね」

その日のランチの営業が終わったあと、沙也加に礼を言った。夜営業用の紙カツに衣をつけながら。

「は？　何が、ですか」

カツに目をやったまま、下を向いて答えた。

「……高津さんのことさ」

「え」

沙也加は聞き返してきた。てっきり、彼女はもうすっかり、高津と熱中症のことを忘れているのかと思い、説明しようと顔を上げると、目の前にいた。

思わず、笑ってしまう。

沙也加が自分の耳に手を当てて、「なんですか？」の姿勢をとっていたからだ。まるであれだ、マジシャンが「耳がでっかくなっちゃった」と言うマジックをする時みたいに。

「は？　何がありがとう、ですか？　よく、き、こ、え、な、か、っ、た、ん、で、す、け、ど」

向こうもにやにや笑っている。

「だからさ」

「はい、ちゃんと言ってください」

「高津さんのこと。熱中症のことさ、調べてくれて……あたしはそういうの、気がつかない人間だから」

「わかってます」

「ありがとう、って言っておかなくちゃって思って。あの人、結構、大切な人だから、店にとって」

沙也加はやっと耳から手を下ろして、うなずいた。

「いいんですよ。私はわりとそういうことが嫌いじゃないので」

「うん。これからもやってくれると、ありがたい。いや、強制じゃないけど」

「わかってます。ただ、高津さんにも言ってあげたらどうですか」

「何を?」

「大切な人だって」

「それは嫌だ……紙カツを作ってみる?」

あ、いいんですか、と言って、沙也加はカウンターに入ってきた。

このカツの作り方は、パートやアルバイトに教えたことはない。前のぞうさんとみさえで考案したものだし、そこまで長くいる人もいなかった。

「バッター液を少し濃いめに作って、カツにたっぷりつけて……パン粉をつけたら手で優しく包み込んで……そうそう……」

一つ一つ、教えていく。

「……は筋がいいよ」

ふと、自分がこのカワイコちゃんの名前を呼びそうになって、慌てる。

そんなことをしちゃいけない、と思ってたのだ。それをしたら、また何かがあった時、うまくいかなくなった時、彼女たちがいなくなった時、悲しい思いをする。だから、ずっとやめていたのに。

「いいですか」

「うん。沙也加はなんでも丁寧にやるから、ありがたいよ」

一瞬、彼女がこちらを見た気がしたけど、気のせいかもしれない。

名前を呼んだのは、彼女がずっとここにいると思ったからじゃない。そんなことは思ってもみなかった。きっとそのうち、この店をやめることになるだろう。

名前を呼べたのは、わかったからだ。

彼女がやめても悲しくない、と。彼女がやめるとしたら、それは彼女の側の理由でこちらが悪いわけじゃない。

だから、責任を感じる必要もないのだ。この子はそういうちゃんとした人なのだ、と。

「ねえ、ぞうさん」

「何」

「ぞうさん、っていう名前、前のここの店主さんもぞうさんだったからだって聞いたんですけど」

「まあ、そうだね」

自分が沙也加、と呼ばれたから、こちらの呼び名のことも気になったのかもしれない。

「それって、あの、ぞうさんが前のぞうさんに……」

沙也加が言葉尻を濁した。

「違うよ」

きっぱりと否定した。

そんなわけないじゃないか、とみさえは思う。名前なんてどうでもいいけど、自分が「ぞうさん」を受け入れているのは、自分が本当に「ぞうさん」だからである。

「違うんですか」

「あたしの本名は雑色みさえ、だからさ」

「え」

これは、前のぞうさんと結婚していたとか、彼らの養子だったとかでもない。自分は雑色家の人間、つまりぞうさんとは親戚だからである。

「だから、ぞうさんって呼ばれて、何が悪い」

「なあんだ、確かに」

沙也加が笑い出した。

まあ、本当は別にいろいろあったけど、今はその話をする必要もない。

ぞうさんこと、みさえは頬にパン粉がついている沙也加の横顔を見ながら、考えていた。

第3話　から揚げ

その朝、店に着くとぞうさんは腕まくりをしながら高らかに宣言した。

「さあ、今日から始まるよ」

ぞうさんは身長が低く、横幅は大きい。かなり真四角に近い長方形だ。そこにくっついている腕もまた、太くて短い。でも、白くて、なんというか……ぷりんぷりんしている。その肘の内側は少し赤みを帯びている。蚊に刺されたのか、あせもかもしれない。そこをぼりぼりとかいた。

すごく腕まくり向きな腕だな、と沙也加は思う。

「何が始まるんですか」

「梅雨明けしたんだよ。梅雨が明けたと言ったら……」

そして、調理台の下に頭を突っ込んで、ポリ袋に入ったものをどん、と台の上に置いた。

「ぬか漬けに決まってるじゃないか」

「え」

それはビニールが何重にも重なっていて、ポリ袋というよりむしろゴミ袋に見えた。中に入っているものはよく見えないけど、何に近いかといえば泥。そして、びっしりと袋のまわりに水滴がついていた。置いた勢いで台の上が濡れたくらいだ。

ぞうさんはむっちりした腕と手を動かして、いそいそとその結び目をほどく。

「そんなもの、どこにあったんですか」

これまで厨房に沙也加も入らせてもらって、冷蔵庫も何度も開けた。店舗用の大型冷蔵庫だけど、そんなものが入っているのを見たことはない。

「冷凍庫さ。昨日の夜、出して解凍しておいたの」

「え、冷凍庫?」

すると、ぞうさんはちょっとおどけたふうに顔を作って、自分の上、天井を指さした。今日はずいぶん機嫌がいい。

「二階ですか」

「そう」

この店の二階がどうなっているのか、考えたことがなかったけど、確かに店は二階建てで、厨房の奥に細い階段があった。階段の始まりのところに細長い暖簾(のれん)のようなものがかかっていて、上の方はよく見えない。

さあさあと言いながら、ぞうさんはそれを開いた。ぷん、となかなかパンチのある香りが店内に広がった。

「あ、ぬか床?」

「だから、そう言ったじゃない」

彼女はまた、足下から黄色いプラスチック容器を出した。蓋がついていて、直径が二十五センチ、高さが二十センチくらいのものだ。それにポリ袋の中身をあけるとちょうど半分くらい埋まった。彼女が太い腕を突っ込んでぐるぐるとかき回すと、香りはさらに強烈になった。

「冷凍しておいたんですか、ぬか。そんなことできるんですね」

「うん。寒い時は冷凍保存してる。冬もぬか漬け出してもいいし、要望も多いんだけど、やっぱり、ぬか漬けは夏のものだよねえ。きゅうりとかキャベツ、なすとか、ぬかに漬けておいしい野菜がどんどん安くなる。冬は温度が低くてうまく漬からないというのもあるけど、野菜が高くてもうけが出ないっていう理由もあるんだよ」

さあないかな、と言いながらぞうさんはぬか床の中を探る。すると一本、しわしわのきゅうりが出てきた。

「あった、あった、ぬか床の神様の落とし物。これは今日のお楽しみにしよう」

ぞうさんはそう言って、変色したきゅうりをボウルの中に置いた。そして、別のポリ袋に入った茶色の粉をどっさりぬか床に足した。

「それは……？」

「炒りぬかだよ。商店街のお米屋さんに頼んでおいたのさ」

ぞうさんはそれに、塩と黄色い粉（粉からしだと説明した）を適当に振り、また、太い腕を使ってぐるぐるかき混ぜたあと、洗ったきゅうりを何本もぬか床の中に埋めた。すべてが埋まると半分くらいだったぬか床がプラスチック容器の上までなみなみになった。

「それでいいんですか」

「だし粉やら鮭の頭やら、いろいろ入れる人もいるけど、あたしはからしくらいしか入れないね。

塩とぬかが一番。あとは一日一回かき混ぜること」

「それが面倒なんですよねえ。むずかしそうで」

「何を面倒なことがある？　昼と夜に客に出す時に自然にかき混ぜる、というか、触るんだから、どうってことない」

「なるほど」

「さてと。今日のお昼には間に合わないけど、夜には漬かってるだろ」

そう言って、容器を厨房の端に置いた。

「なんか、ぞうさん、機嫌良くないですか」

すると、彼女は慌てて、顔を引き締めた。なんだか、機嫌が良いことは敗北であるかのように。

「……ぬか床を始めると、野菜料理を一品考えなくていいからさ。ついね」

別に、素直に喜んでもいいのに、と沙也加はおかしかった。

ぬか床の神様の落とし物、しわしわのきゅうりは細かく刻んで水に浸し、塩抜きしたあと、醬油とショウガと鰹節をかけて、ぞうさん自身と沙也加の昼のおかずになった。古漬けというのだとぞうさんが説明した。

そういう漬物は初めて食べた。沙也加の母親はぬか床を持っていなかったから。スーパーで売っていたり、居酒屋で出てきたりするぬか漬けとずいぶん違う。塩抜きしたきゅうりは、塩味は薄いけど酸味が残っていて、それが醬油と鰹節によく合う。

「おいしいですね」

先に昼休憩に入った沙也加は思わず、カウンターで洗い物をしているぞうさんに言った。

「そうかい」

「こういうの、初めてです」

「ぬか漬けなんて買うこともできるけど、キャベツのぬか漬けと古漬けだけは自分でぬか床を持っている人だけの特権だからね」

「え、古漬けあるの？」

　隣でご飯を食べていた高津さんが聞き逃さなかった。

　ぞうさんは顔をしかめて彼をにらんだが、そのトレーの上にご飯と味噌汁、冷や奴、ほうれん草の白和えしかのっていないのに気がついたようで、小鉢を出した。そこにはほんのぽっちり、古漬けが盛られていた。

「……内緒だよ」

　ぞうさんは声をひそめ、あたりを見回しながら言った。まるで、あやしい薬か何かを差し出すみたいな手つきで、沙也加は思わず笑ってしまった。

「笑いごとじゃないよ。これ、知られたら、皆食べたがるけど、今日はこれっきゃないんだから」

　ぞうさんは唇に指を当てた。

「ありがと」

　高津も小声で応えた。最近食が細く、冷や奴や野菜しか食べない彼を気遣ってのことだろう。

沙也加は一杯、高津も半分、古漬けでご飯をおかわりした。

その日の夜の客には、ぬか漬けが一皿ずつ、サービスになった。

「今日からだから、まだよく漬かってるかわかんないからサービスね」

ぞうさんは仏頂面で小皿を客の前に置いて回った。

「あ。ぬか漬け？　もうそんな季節かあ」

「ぬか漬け始めましたってさ、店の前に貼っておいたらいいんじゃないの？　冷やし中華みたいに」

「今日はきゅうりだけ？　キャベツはないの？」

客たちは思い思いに言い、時には「じゃあこれで一杯やるか」と冷酒を追加したり、ご飯をおかわりしてくれたりした。

次の日からはその日の安い野菜がぬか漬けとして定食の小鉢についた。そして、夜のメニューにぬか漬け（各種）というのが増えた。

ぞうさんのぬか漬けに決まった野菜はない。きゅうりは基本だからほとんどあるけど、後は青果店でその日、安い野菜を買う。きゅうりだって、長雨の後などで値段が急騰するとなくなる時もあった。定休日の日曜日は容器ごと、冷蔵庫に入れているらしかった。

らしかった、というのは、その場面をリアルに見たことがないからだ。

「休みの日はどうするんですか」

「二階の冷蔵庫に入れるよ」

「あ、二階には冷凍庫だけじゃなくて、冷蔵庫もあるんですか」

「まあね。やっぱり、こういう店をやってると、いろいろ入り用だからね」

もちろん、一階の厨房にも、大型の冷蔵庫があるのだが、それ以外にも必要らしい。「二階って、昔から冷蔵庫と冷凍庫の置き場だったんですか」

「いや、昔は、前の店主が住んでた」

「あ、なーるほど。雑色さんが」

ぞうさんはぬか床をぐるぐるかき混ぜながら応えない。中から、きゅうりやなすが出てきた。つやつやと光って、おいしそうだ。さらにキャベツも。こちらは薄い葉一枚一枚を破れないように丁寧に出す。指先で、ぬかをできるだけ落としている。その作業に没頭しているのか、そのふりをしているのか。

「ぞうさんは、二階に住もうと思わなかったんですか。そしたらアパートを借りなくて済むのに」

つい、続けて訊いてしまう。

「……考えたこともないね」

「どうして?」

「だって、あたしにはあたしの部屋があるもの。引っ越してくるなんて面倒だし」

「ああ。でも……」

「さ、店の前に水まいて、出入口を開けてきて」

もうそんな時間か、と慌てて外に出た。

かっと照りつける太陽を浴びながら、そういえば、ぞうさんはあまり二階のことを話したがらないな、と思った。でも常連さんが来て「今日の定食は何?」と訊かれたので、そのまま忘れてしまった。


次の土曜日に会おう、話し合おうと沙也加の夫(別居していると言ってもまだ離婚していないのだから夫だ、と沙也加は思う)が一方的に連絡してきた。土曜日は定食屋「雑」の出勤日だ。日曜日なら定休日だから問題はないのに……でも、どうしても「日曜日にして」とは言えなかった。

前から健太郎は日曜日の外出を嫌がった。特に夜の外出は次の日、月曜日からの出勤に響く、疲れると言った。

「すみません。土曜日の夜の時間……お休みさせていただけますか。友達の結婚式の二次会があって」

なぜか、ぞうさんに、本当のことは言えなかった。

ぞうさんは上目遣いにこちらを見て、「……いいよ」と答えた。

今のご時世、いくらアルバイトとはいえ、従業員の休みを断られることはないとは思っていても、どこか、おどおどしてしまう。たぶん、彼女は嘘を見抜いているだろうと思った。

土曜日の夜はやっぱり、客が増える。足や腰の悪いぞうさんが一人で切り回すことになると思うと申し訳なさでいっぱいだった。

「もし、早く終わったら来ますから」

「いいよ、そんなの。疲れてるだろ」

それでも、彼が来る前日はいそいそと準備をした。彼の好きなビールに……少し迷って度数の高い酎ハイも買っておいた。もしも、飲みたいと言われたらすぐに出せるように。

メニューはいろいろ考えて、カレーを用意した。これまた、彼の大好物だ。玉ねぎをいっぱい茶色になるまで炒めて、少し高いカレールーを使う。牛のすじ肉も入れた。あまり特別に見えないように、でも、彼の好きなものを……と考えた。

しかし、それを煮込んでいる前日の夜、一通のメールが来た。そこには、明日の場所として、渋谷の居酒屋の名前が書いてあった。半個室を予約しているらしい。

夫婦が話し合いをするのだから、当然、家……同居していたこの部屋を使うのかと思っていた。自分の勝手な思い込みだけど、なんだか、がっかりしてしまった。

ただ、店がお手頃なチェーン系居酒屋ではなく、秋田料理の専門店で、ちゃんと事前予約をしてくれていることに少しだけなぐさめられた。自分のことをまだ少しは気遣ってくれていると思えたから。

翌日の夜、沙也加は薄く見えるけど念入りな化粧と、新しく買ったワンピースを着て、その店に向かった。

店には十分ほど早く着いてしまった。彼は逆に十分遅く来たので、二十分くらい一人で待った。

蒸し暑い日で、せっかくの化粧もほとんどはげ、店に着いてから直したけど、狭い居酒屋のトイレと薄暗い照明ではいつもと同じようにできたのか、心許なかった。

「久しぶり。暑いなあ、最近」

彼は何事もなかったかのように話しながら入ってきたけれど、沙也加と目を合わそうとせずにメニューを取り上げた。彼が着ている半袖のシャツが目に留まる。深いブルーのシャツは見たことがないものだ。彼も新調してきたのだろうか。

「なんか頼んだ?」

「ううん、まだ」

「なんだ、頼んでいればよかったのに」

沙也加は初デートの日のように緊張して、ワンピースの膝の上に、両手を乗せたままだった。

「俺、生ビール。沙也加は?」

その時、メニューから上げた目が一瞬こちらを見たけど、見返したら、すぐにそらされた。

「……じゃあ、私も」

ご飯を食べながらアルコールを頼むのは、同居していた間にはほとんどなかったことだし、それがまた、離婚の遠因になったはずなのに、健太郎は何も言わなかった。忘れてしまったのかもしれない。

「きりたんぽ鍋、食べるわけにもいかないしなあ」

彼はまたメニューを見ながら言う。

「……健太郎が食べたいならいいよ」

「いや、こんな暑い日に鍋はないでしょ」

自分が選んだ店なのに、そんなことを言う。

「……この店、よく来るの？」

思わず、尋ねる。同居中や婚約中には来たことがない店だからだ。

「いや……去年の年末に会社の忘年会で使った。会社の人が探してくれたんだ」

じゃあ、特別な思い入れがあって選んだわけでもないのだ、と沙也加は心の中で肩を落とした。

それでも話し合って、地鶏を焼いたものや、いぶりがっこ、はたはたのお寿司など、郷土料理を注文した。

「……で、どうする？」

「え」

店員が下がったとたん、彼が言った。

「どうするって……」

「いや、これから。これからどういうふうに話し合っていくか……」

沙也加はいきなり言われて、口ごもった。すると、健太郎が言った。

「俺は他の人に入ってもらった方がいいと思う」

「え」

その日、二回目の「え」だった。考えてもみなかった提案だった。

「二人で話していても、らちが明かないと思うんだ。お互い感情的になるしさ。ここは一つ、専門の人に入ってもらって……」

健太郎は主張することを決めていたのかもしれない。よどみなく、すらすらと……むしろ、早口に説明した。

「専門の人ってどういうこと？　どういう専門なの？」

沙也加はやっと口をはさんだ。

「は？」

健太郎は反論されるなんて考えてもみなかったようで、丸い目をこちらに向けた。

「そりゃ、離婚の専門家なんだから、弁護士とかさ」

「ああ。弁護士」

自分の声の中に深い絶望が混ざっているのを、隠すこともできなかった。

離婚の専門家、というなら、例えば、夫婦問題を話し合うカウンセラーとか、精神科医なのかな、とも思ったのだ。

でも、それが弁護士なら、もう別れることは決まっていて、条件だけ話すためのものではないだろうか。

「うん。大丈夫、俺がいい人見つけたから。沙也加は心配することないよ」

「心配することないって……」

「俺の……友達の友達で、ちゃんとした人だから」

「友達の友達？　健太郎の友達で弁護士なんていた？」

「だから、友達の友達だって。最近知り合った人」

彼はいらついたように答える。

「そう」

そこで、飲み物といぶりがっこ、いぶりがっこ入りのポテトサラダが運ばれてきた。

「じゃあ」

健太郎は生ビールのジョッキを持ち上げた。

「かんぱーい」

ごく自然に彼はそう言って、ごくごくと半分ほど飲み干した。沙也加は口をつける気にならなかったが、一口だけ飲んでテーブルに置いた。

「それでさ」

沙也加の様子に気がつくふうでもなく、健太郎は続けた。

「次の話し合いの時から、弁護士の先生に同席してもらう、と」

「え」

また、驚いて目を見開いてしまった。

「次から？」

「うん」

「早すぎない？」

「いや。だって、二人でいてもらちが明かないでしょ」

「らちが、らちがって……」

「ここは専門家に入ってもらって、お互いの言い分とかを聞いてもらって公平にジャッジしてもらった方がいいと思うんだよなあ」

「公平に？」

少し前から気がついていたのだが、店内の音楽が変わっている。ずっと東北の方の民謡のようなのんびりした曲だったのに、少し前に流行ったアニメの主題歌になっている。鬼が出てくる話だ。でも、特に気にしなかった。そのくらいのことはよくあることだ。時間帯が変わって客層も変わったのかもしれないし。

「……私は離婚したくない」

小さくて低いけれど、野太い声が出てしまった。

「もう一度、話し合いたい。私も変わったし、健太郎も……」

涙が目の端にたまり、声が詰まった。

その時だった。

「ぎゃー！」

沙也加は驚きのあまり、叫んでしまった。突然、二人が座っていた半個室に、鬼の面を付けた男が入ってきたのだ。

「悪い子はいねーがー！」

鬼は三匹。真っ赤や黒の鬼の面に、毛を振り乱したような荒々しいカツラ、身体にはわらでできたミノをつけて、手には鎌や斧を持っている。

「泣く子はいねーがー！」

あまりのことに、涙も引っ込んでしまった。

「……何これ」

「なまはげ、なまはげだよ」

健太郎はけらけらと笑い出した。

「悪い子はいねーがー！」

鬼の一人がもう一度言うと、「ぎゃー」と健太郎はおどけて驚いた声を上げてみせ、それを合図のように、彼らは去って行った。

「……どういうこと？」

「なまはげサービスだよ。ここ、秋田料理の店だからさ」

「あの人たちは、秋田から来たの？」

「いや、店員たちがやってるんだ」

となりの個室から、また「悪い子はいねーがー！」「ぎゃー！」という叫び声が聞こえた。

まだ、胸がドキドキする。鬼が怖かったというより、人が急に入ってきたことに何よりショックを受けてしまった。

「こんなこと……日本以外じゃ許されない」

「え」

「アメリカなんかじゃ、急に人が入ってきたりしたら、銃で撃たれると思う」

自分でも、過激すぎるかもしれないと思いながら、いらだちが抑えられず、ついそんな言葉が口から出てしまった。

「日本は銃がないし、平和だからいいかもしれないけど」

ふと顔を上げると、健太郎が無表情でビールを飲んでいた。すっかりさめて、白けてしまったらしい。

「あ、ごめん」

勝手に口が動いて謝っていた。

「まあ、沙也加はアメリカナイズされてるからな」

沙也加は高校時代に交換留学生としてアメリカに行ったことがある。とはいえ、夏休みをはさんだ、たった三ヶ月だったが。でも、ニューヨークでもロサンゼルスでもない、中西部の片田舎に長期滞在した体験は強烈だった。最近はほとんどないが、つい「アメリカでは……」と言ってしまうことは昔はよくあった。

「そのわりに離婚についてはもろ日本人だけど」

「いや、アメリカでは」

思わず、言ってしまって慌てて口を閉じた。

「アメリカでは何?」

「……別に……アメリカだって、日本だって、納得のいかない離婚はしないと思うけど」

はっきり口にしたらなんだか、すっきりした。しかし、それはむしろやぶ蛇だったのかもしれない。健太郎は身を乗り出した。

「沙也加は離婚したくない、俺はしたい。ずっと平行線だよ。だから、誰か別の人を入れようって言ってる」

さらにはっきり言われる羽目になった。


「よくないねえ」

数日後、つい、ぞうさんに夫と会って離婚について話し合ったことを相談してしまった。友人の結婚式だと嘘をついたことは秘密で。

するとぞうさんは顔をしかめて言ったのだ。よくないねえ、と。

「よくないですか」

「その相談する弁護士っていうのは誰なの」

「知りません。ただ、彼の友人の友人、ということで」

「で、あんたの側には誰がつくの」

「へ？　私の側？」

「だって、そうだろ？　弁護士っていうのは普通、被告と原告の両方についてお互いの立場を話し合うもんじゃないの？」

沙也加は黙ってしまった。健太郎はただただ、弁護士を交えて話し合いたいと言うばかりで、沙也加の方にも弁護士をつけるというようなことは言っていなかった。

「……必要でしょうか」

「さあね。だけど、そういうもんじゃないの？　だって、向こうはあんたの……元夫」

「いえ、夫です。まだ離婚してないので」

「まあ、そうだね。夫の言い分を通すために雇うんだろうし。金が向こうから出ている以上、向こうの肩を持つよね」

「はあ」

「そうか、ってあんた、そんなことも気づかなかったの」

「なるほど。そうか」

「それはかなり用心しなくちゃ」

とはいえ、一度は愛し合った夫がそんなひどいことをするとも考えたくないのだった。

「夫婦は一度こじれて、どちらかが別れたいとなったらむずかしいよ。何をしてでも別れようとする。自分に有利にね」

ぞうさんが上目遣いで言った。まあ、沙也加の方がかなり背が高いので、そうなりがちなのだが。

「そんな」

「しかたないよ、そういうものだから。ただ、前も言った通り、あんたが納得するまで好きなようにすればいい。無理に判をつくことはないんだから」

「わかってますけど」

沙也加は自然、自分の口がとがってくるのがわかる。

「その決心も揺らぎそう」

「どうして」

「向こうが別れること前提でさくさく話を進めているのを見ると、なんだかへこむし、その調子に乗せられそうになるんですよね」

「そこをしっかりしないと」

「そういえば、ぞうさん」

「何?」

「ぞうさんて、結婚したことはないんですよね」

「ああ」

「それにしては離婚についてよく知ってますよね」

「こんな商売していればね」

いったい、ここのカウンターで何人の結婚離婚相談を受けてきたのだろう、と沙也加が考えていたら十一時半を過ぎ、一人目の客が来て、話は中断した。

今日の肉定食は「から揚げ」である。から揚げとコロッケはこの店の二大人気メニューで、とにかく数が出る。それを見越してぞうさんも外に貼り紙を出していた。

から揚げは夜のアラカルトメニューにはあるが、昼の定食にはない。定番だと思うのだが、普段のメニューに入れてしまうと、ぞうさんが料理にかかりきりになってしまうからだと言う。時々、「本日の定食」としてまとめて出した方がいい、ということらしい。ちなみに今日の魚は赤魚の煮魚だ。すき焼きのたれで煮るだけでできあがり、鍋に作ってあるから、沙也加だけでも盛り付けできる。

　から揚げの下ごしらえは簡単で、一口大に切った鶏肉を醤油に漬け込むだけである。本当に何も足さない、ただの生醤油だ。時々、気が向けばすりおろしたニンニクを入れたり、カレー粉を少し足したりするが、普段はほぼ、生醤油。それは、いつも、醤油、すき焼きのたれ、めんつゆで味付けするぞうさんにふさわしい。鶏肉はメキシコ産だ。冷凍の二キロ入りの袋を解凍して使う。

「知ってる？　メキシコというか、中南米って鶏肉をものすごくたくさん食べるんだって。だから、おいしいわけ」

　たくさん食べるからおいしいのかはわからないが、値段は安い。国産の半額以下である。

　準備は簡単なのに、客が来てからが忙しい。ぞうさんは注文が入ってから鶏肉の汁を切り、衣をつけて揚げる。だからだろうか、この店のから揚げは衣がカリカリ、どころかガリガリと言っていいくらい、カリッと揚がっている。

「……いや、多少寿命が短くなっても、このから揚げは食べたいねえ」

　最近やっと食が少しずつ戻ってきた高津さんが隣の客に話しかけながら食べている。「から揚げ選手権でもあれば、ここのが一番だよ」

「確か、全国から揚げコンテストとかいうの、あるよね」

その客も応えた。高津さんと同じ年頃の近所の男だ。

「そうなの？」

「あれに、出してみればいいのに、ぞうさん」

「……お世辞はいいから、早く食べちゃってよ」

鍋の前に座ったぞうさんがつぶやいた。今日みたいな揚げ物の日は、バーのスツールのような高さのある椅子を揚げ鍋の前に用意し、半分腰を置くようにした。多少でも腰を楽にするためだ。

「はいはい」

いつものことだから、高津さんも気にせず、口に入れた。

普段は絶対そんなこと言わないのに、から揚げの日だけ、ぞうさんは口うるさいラーメン屋の店主のようになる。時間を置いてしまうと、衣のカリカリ感がなくなってしまうから、と言って。

正直、沙也加にはそこまで、ぞうさんが気にする気持ちがわからない。まかないで何度か食べたけど、十分やそこらの時間が経ってもまだカリカリしているからだ。まあ、確かに、ガリガリ感は多少薄れるけど。

なんでいちいち、その場で衣をつけるんだろう、どうして自分にはやらせてくれないんだろうということは、多少、不思議には思っていたけど、それはまあ一言で「コツがいるんだよ」と片付けられていた。

「……場所が悪いんじゃないかねえ」

ランチタイムが終わって、客があらかた帰って沙也加がから揚げを食べていると、ぞうさんが話しかけてきた。

「は？　場所？」

「夫との話し合いさ。そんな落ち着かない場所じゃ、そうじゃなくたって、相手のペースに飲み込まれるだろ」

「そうなんですよ！」

客は一組、近所に勤めている会社員が二人、少し離れたテーブル席に向かい合って何かひそひそ話しているだけなので、沙也加の声も自然上がる。

「私は家で……今私が住んでいる家ですけど、そこで話し合うつもりだったんですが、彼が店を決めて送ってきたんで」

あれから、なまはげは何度も回ってきた。

どうも、一時間に一度、「なまはげタイム」があるようで、沙也加と健太郎の話が佳境に入ると、「悪い子はいねーがー！」「泣く子はいねーがー！」とやってくる。

最初は思わず、叫び声を上げてしまったが、二回目からはただただ迷惑で、軽くにらんでしまった。すると、健太郎が一拍置いて、「わー、驚くなあ。怖いなあ」と両手を上げた。なまはげたちは満足したのか、出て行った。

「……そういうところなんだよな」

「え」

健太郎はわざとらしく、深くため息をついた。

「沙也加のそういうとこ、俺、あまり好きじゃない」

「……どういう意味？」

「わかんないのか、自分で」

「ノリが悪いってこと？　でも、今はそういう気持ちになれないよ。真面目な話し合いが必要な時でしょ」

健太郎こそ、わかっていないと思う。

「あの店員さんには関係ないことだろ」

「店員さん？」

「なまはげをやってたの、ここの店員さんだよ。前に来た時聞いたら、皆で考えてこういうサービスをして少しでも店を盛り上げようと思ってるって言ってた。今、沙也加は機嫌が悪くて、あいうことに乗れない気分なのかもしれないけど、彼らにそれは関係ない。頑張ってるんだから、驚いてあげたり、喜んであげたりしたらいいじゃないか」

そして、また、大きくため息をついた。

「そういうところが合わなかったのかもな、俺たち」

昔から健太郎は周りに気を遣える人で、店員さんや後輩、立場が弱い人たちに優しかった。そういうところに惹かれた、と言っても過言ではない。

確かに、関係ない人に無愛想に振る舞ったのは申し訳なかった、と思う。だけど、そういう店だと知って、ここを選んだのは健太郎だ。もう少し、静かで話し合いができる場所を考えてくれなかったのだろうか、と悲しくなる。

機嫌が悪い、と今の状態を表現されたのも、ひっかかる。

離婚の話し合いをしているのを、ただ単に「機嫌が悪い」とどこか、人ごとのように言うのはどういうことなのだろうか。機嫌が悪い、じゃまるで沙也加一人がすねているようだ。

今の状況は、そんなものじゃない。

自分の一生の大切なことを決めるための話し合いなのに。

そういうことを説明したかったのに、うまく話せる気がしなくて……というか、どこか諦めもあって、黙ってしまった。すると健太郎が吐き出すように言った。

「ほら、自分が悪いところを指摘されると黙るの、沙也加の悪い癖だよ」

そんなに自分は嫌な人間だろうか。

せっかく、おいしいから揚げを食べているのに、思い出すのは苦いことばかりだ。

「あんなうるさい店の中で……私は別に店員さんたちを邪険に扱ったわけじゃないんです。ただ、そういう時じゃなかったんです」

「とにかく、次は自分で場所を決めればいい。はっきりこちらから提案すればいいんだから」

「そうですね。そうします」

「もう、ここまできたら、遠慮したってしょうがないんだから」

「はい。ただ、あんまり準備しちゃうと、悲しいこともあるんで」

この間、話し合いが平行線のまま終わり、家に帰ってきた時、冷蔵庫を開けたら、自分が用意していた缶酎ハイや、料理がそのまま残っていて、なんだか泣けてきたのだった。

あれから、ずっとカレーを食べ続けている。カレーには少し奮発して、国産牛のすじ肉を使った。何時間も柔らかくなるまで煮込み、カレールーも高いものを買っておいしくできたのに、それを食べる時は悲しみしかない。

がりり、と沙也加はから揚げを噛む。衣はカリカリなのに、中からジューシーな肉汁があふれて、本当にどうしたらここまでおいしくできるのか、と思う。

こんなに切ないことを思い出していても、うまいと思えるから揚げはすごい。

ふと、ぞうさんの手元を見ると、から揚げにつけていた衣の粉に（それは大きなプラスチック容器に入っていた）蓋をして、冷蔵庫に収めるところだった。

「それ、どうするんですか」

「ん？」

ぞうさんは振り返った。

「そのから揚げの衣の粉」

「まだ使えるから、夜のから揚げ用に取っておこうと思って」

「コロッケやトンカツの衣はランチの前や後にまとめてつけて、夜は揚げるだけなのに、から揚げは揚げる直前につけるんですね」

「ああ、まあねえ」

「どうしてですか？」

ぞうさんは肩をすくめる。

「どうしてって……そういうもんだから、としか言えないよ」

「そういうもの」

「から揚げはそういうものさ」

「ふーん」

から揚げの秘密をなかなか教えてくれないのは何か理由があるのだろうか。


一週間くらいして、健太郎から「それでは、弁護士を入れての打ち合わせ、いつにしようか」と連絡が来た。

あの後いろいろ話し合い、最後には「まあ、もう少し話し合いを続けよう」という結論というか、ある種の引き延ばしになったのに、それを忘れたように「弁護士を入れて」と書かれた文面にがっくりと来てしまった。

——弁護士を入れること、了承しましたっけ、私。

——え？　話し合おうって言ってたじゃん。

——それは二人でってこと。

数時間、彼からの返信はなかった。しかたなく、沙也加は自分からメッセージを打った。

——次はこの家で話し合いましょう。外は落ち着きません。前みたいに、なまはげが一時間に一回来る店は絶対に無理です。

すると、やっと返事が来た。

——別の店にしよう。沙也加が決めてくれていいから。弁護士のことはともかく、家まで行くのはちょっと。

——どうしてですか。

——遠いし。駅から歩くのが面倒。

——家でなかったら、もう話し合いません。

また数時間して、やっと返信が来た。

——わかった。じゃあ、次は家で。

なんだか、彼のため息が混じっているような文面だった。

——週末の土曜でいい？

沙也加は一瞬、天を仰ぎ、そして、思いきって書いた。

——前に伝えたと思うけど、今までの仕事とは別に定食屋のアルバイトも始めたの。派遣の仕事だけじゃ、一人で家賃が払えないから。その店が土曜日は営業してるので、週末は日曜日しか会えない。でなければ平日になります。

絶対に、一度は話したはずだった。彼からまたしばらく返信が途絶えた。数時間後、連絡が来た。

――日曜日は予定があるんだ。来週の水曜なら。

――水、土は夜も仕事です。

――じゃあ、金曜にしよう。

金曜日の朝、前に買っていた酎ハイを冷蔵庫に入れ直した。健太郎にすぐに出せるように、数種のおつまみも作っておいた。鰯の南蛮漬け、肉じゃがなどご飯のおかずになるものと、生ハムとチーズを合わせて巻いたつまみやトマトのブルスケッタなど、健太郎の好物で、ご飯を食べないと言われた時にも出せるものを用意した。

鰯の南蛮漬けは「雛」のレシピだ。すき焼きのたれに酢を混ぜて漬けだれを作った。そのためにわざわざすき焼きのたれを自作した。健太郎は「雛」の味付けが好きだからきっと喜ぶ。

約束は七時過ぎだったのに、健太郎が来たのは八時を超えていた。

ピンポーンとチャイムが鳴って、ドアを開けて彼が立っているのを見た時、軽くめまいがするほど胸が震えた。

健太郎が、夫が帰ってきた……そう思った。

会社帰りの彼はスーツを着ていた。黒のビジネスバッグを持って……それは会社の近くでは手で持っているらしいが、今は肩にかけている。格好は悪いし、スーツは崩れるけど、その方が楽だからと前に言っていた。その様子……少し乱れた髪もスーツも、健太郎そのものだった。

「……お帰り」

戸惑って、きっと彼に引かれるとわかっていながら、言わずにいられなかった。

うつむきがちだった彼はその声で顔を上げた。そして、しばらく経ってから、「ああ。久しぶり」と応えた。

彼の方も一瞬「ただいま」と言いそうになっていたはずだと思った。口の形やその唇の震えから。でも、一度引き締めて、別の言葉を選んだ。

彼をそこまでかたくなにしているのはなんだろう。ふっと沙也加は考えた。しばらく忘れていた、他の女の存在を今、急に強く意識した。それはもう、部屋に入ってきた彼の後ろにぴったりくっついている、背後霊のように。

その女への義理立てで、「ただいま」と言えなかったのじゃないか。

本当は、「ご飯、食べる?」と訊きたかった。だけど、なんだか言い出せなかった。

「……何か飲む?」

「……いや、水でいいよ」

そう答えられることは、どこかでわかっていた気がする。

振り返ると、彼は食卓についていた。昔は、そこで朝に夕に二人でご飯を食べた場所だ。まあ、そこくらいしか二人で向き合って話せる場所はないので当然だったが。

沙也加はスパークリングウォーターを二つのグラスに入れて出した。そして、用意したおかずを少しずつ小皿に入れて、一緒に彼の前に並べた。

ほぼ同時に、健太郎は自分のバッグの中から一枚の紙——意外と薄っぺらい——を出して、二人の間に広げた。沙也加の手作りのおかずには目もくれずに。

離婚届。それもまた、どこか予想できていた。それでも、衝撃を受けるのは一緒だ。

「また、もってきたの」

声がかすれた。

「……渡してきなさいって。二人の部屋で会うなら、最低でもこれはサインしてもらってきなさいって」

「誰が？」

「……弁護士が」

「そう……弁護士って男？　女？」

彼の口調から女性っぽさを感じた。ずっと弁護士は男かと思っていたから違和感があった。

「……女、かな。関係ないけど」

「女なんだ」

「だから、それは別に関係ないだろう。とにかく、これ、お前の欄を埋めて、送ってくれ」

そう言うと、健太郎はすぐにでも立って帰りそうだった。沙也加は慌てて言葉を重ねた。

「健太郎ってそういう知り合いいたんだ、弁護士とか。前……この家にいた時とかは聞いたことなかったね」

「だから言ったじゃん、友達の友達」

「その友達って誰？」

「え？」

「その弁護士を紹介してくれた友達、誰？　会社の人？　同期の人？　大学の同級生？　誰？」

「……誰でもいいじゃないか。だけど、あれだよ、友達だよ。大学の友達」

「へえ。だから、誰？　名前は？」

「……あ、慎吾」

「慎吾って、朝倉慎吾？　サークルかなんかの人だっけ？」

彼の友達で、会ったことはないが、年賀状か何かでみたことがある。結婚した時お祝いをいただいて、そのお返しのリストの中にもあった名前だ。いずれにしろ、結婚式には呼ばないけど、年賀状はやりとりしている程度の友達のはずだ。

「そう、朝倉慎吾」

「あの人、既婚？　それとも独身だったっけ」

ふと思い出しただけだった。なのに、健太郎は激しく反応した。

「独身だよ！　だけど、それは別に関係ないだろう。今は」

「うん」

ゆっくりと胸の中で、疑念がわき上がってくる。独身の人がそんなにすぐ、「離婚するなら弁護士をつけろ」とか言うだろうか。

「その弁護士ってどういう人？　離婚に詳しいの？」

「まあな」

彼は身体を斜めにしていた。脚を大きく広げ、片手を椅子の背にかけている。沙也加からは完全にそっぽを向く形だ。

「だって、知りたいの、当然でしょ。私たちの離婚を……結婚の行方を相談する人なんだよ。どういう人で、どういうことをしてくれるのか……できるのか、知りたいよ。例えば、弁護士免許とか？　そういうの見せてもらえるの？」

「なんだよ、急に何を言い出したんだよ。弁護士は弁護士だよ」

　さらに疑いが大きくなった。

「弁護士の免許みたいなもの、見せてもらえる？　じゃなかったら、私、話できないよ」

「そんなこと、急に言われても」

「だったら、どこの誰かわからない人に言われて、私、これ」

沙也加は二人の間に置かれた離婚届を指さした。

「これを書くの？　そんなのおかしい」

「おかしいって」

「証拠見せてよ」

「だから、そんなこと、急に言われても」

「今は写真で撮って送ってもらうこともできるでしょ」

「ああ」

健太郎は小さく肩を落とした。

「……弁護士っていうか、その卵だな」

「卵って?」

「弁護士の勉強をしている人なんだ」

「そうなの?　じゃあ、弁護士じゃないじゃん」

「同じようなものだろ。法律に詳しいんだから」

「ふーん。それを朝倉慎吾さんに紹介してもらったんだ」

「まあね」

「そういう人が弁護士のような業務っていうの?　資格ないのに相談に乗ってもいいの?　違反じゃないの?」

「え」

今日の健太郎は「え」が多い。焦りが見えた。これもまた、この家という、ある意味、沙也加側のテリトリーに来ている効果かもしれない。だけど、沙也加にはそう嬉しくはないのだった。夫のずぶずぶの主張に突っ込みを入れて、それが弱みをさらけ出していようとも、どこか、むなしい。

この程度の武装で、自分と戦おうとしているのか、と。

「弁護士の業務というほどじゃないだろう。こんなの、ただの相談だよ」

「……私には弁護士と話し合えとか言ってたじゃないの」

沙也加はすぐにテーブルの上にあったスマートフォンで検索した。

「何してんだよ」

健太郎がいぶかしげにこちらを見ているのも無視した。

「……あった。弁護士を騙ることは『二年以下の懲役または三百万円以下の罰金』だって」

すると、健太郎も自分のスマホを取り出して検索した。

「ずるいぞ。それは弁護士を騙って仕事をしたり、お金を取ろうとした場合だ」

「だけど、その下を見て。騙っただけでも、百万円以下の罰金になるよ。とにかく、法律違反だよ」

「ああ」

彼はスマホを置いて、ため息をついた。

「じゃあ、その人は司法試験の勉強をしているのね？」

「……たぶん」

「たぶんて……知らないの？」

「いや、そうだと思うよ」

「本当なの？　あ、弁護士じゃなくて、司法書士とか、行政書士とか、税理士じゃないでしょうね？」

「まあ、そういう勉強もしているのかもしれない」

「どういうこと？　どういう人なの？　本当にどこで知り合って、どういう話でそういうことになったの？」

結局、細かく話を聞いていくと、彼女は朝倉慎吾の知り合いで、離婚とかに詳しい人で、ファイナンシャルプランナーの勉強をしている人だということがわかった。

「ファイナンシャルプランナーの勉強？　ファイナンシャルプランナーでさえないの？」

「……資格試験をこの九月くらいに受けるんだってよ。絶対、受かるって言ってたから、ほとんどそうなんだろ」

「そういう人が、なんで、私にこれを書けとか言ってくるの？」

「いや。この家で二人で話し合うなら、そのくらいはしてもらえって。そうでなければ、ここに来るのは危険だってさ」

「危険て、どういうこと？」

「前の奥さんに、一緒に暮らしていた家に行ったら丸め込まれる可能性があるってことだろう？　だから」

「丸め込まれるって、どうしてその人はそんな心配をしているのよ」

彼はさっと目をそらして、下を見た。その顔で、薄々気がついていたことが確信に変わった。

その女はたぶん、彼の新しい女なんだろう。

翌朝、目が腫れているなあ、とわかっていながらそのまま店に行った。

ぬか床をかき混ぜていたぞうさんは、ちらっと上目遣いにこちらを見て、「どうしたの」と一言尋ねてくれた。

「……それがですね」

沙也加も厨房から台ふきんを取り出し、できるだけ手を動かしながら話した。夫のこと、一度は愛し合ったはずの人のことを……その人が自分を邪険に扱っているということが何よりも悲しかった。あんなすぐわかるような嘘、というかごまかしでこちらをだませると思っていることが。

ぬかの臭いは気にならなかった。慣れてくると、むしろ香しい匂いにさえ思える。実際、沙也加の口の中には少しつばがたまっているほどだ。

「なるほどねえ」

一通りの話を聞いて、ぞうさんはうなずいた。その時には昨夜、ぬか床に入れたきゅうりとなすを出して、新しくキャベツやきゅうりを漬け込み終わっていた。それは今日の夜用だろう。

今度は袋に入った鶏もも肉を冷蔵庫から出していた。相変わらず、メキシコ産である。それをざあっと大きなボウルにあけた。

「それ、切るんですか。私、切ります」

鶏肉のカットは力がいる。時々、ぞうさんは切りながら、肩で息をしていることがあった。

「そう。ありがとう」

沙也加は台ふきんと手をよく洗って、ぞうさんの隣に立った。

「じゃあ、一口大に切ってくれる?」

「あ、また、今日も定食はから揚げですか」

「うん。夏はから揚げが人気出るんだよ。力がつく気がするんじゃないかねえ」

確かに、外に「本日の肉定食、から揚げ」と貼り紙をすると、客の入り、特に若者の入りが違うような気がした。

「昨日の夜、包丁は研いでおいたよ」

鶏肉はぬるぬるしていて、皮が切りにくい。体重を入れるようにして切ると、ぞうさんが横から口を出した。

「ちゃんと研いである包丁なんだから、そんなことしなくても切れるよ。刃を手前に引くようにして……そう」

「なるほど」

「前にも言ったように、あんたが好きなようにしていいんだよ。離婚する気がなかったら、気が済むまでしなけりゃいいし」

「はあ。でも、なんだか、よくわからなくなっちゃったんですよね……」

沙也加はため息をついた。

「こんな情けない男だったのかなあ、とも思うし。いっそのことさっぱり離婚しようかな」

口にしてみると、心がひやりと冷えた。本当に離婚するのだろうか、自分は。あの人とまったく関係のない人生を送るのだろうか。その気持ちを紛らわすため、また、鶏肉に力を込めた。

「だから！　そんなふうに力任せにぶった切ったら、繊維がつぶれる」

「あ、すいません」

「本当に？」

「何がですか?」

「離婚さ、本当にしたいの?」

まるで見透かされているようだ、と思う。思わず、黙ってしまった。

「そういうことなら、こちらも誰か付けたらどうだろうか」

ぞうさんが言った。彼女の方は銅色のアルミの両手鍋をガス台に置き、豚バラ肉のスライスを炒めている。肉じゃがでも作るのだろうか。

「え?」

「誰かさ、そういうことに詳しい人……」

「こちらも弁護士を付けるってことですか」

「まあ、そうだけど」

「いや、そんなお金ないし」

「まあねえ……だけど、あっちになんだか知らないが、知恵をつけてくる女がいて、こっちが一人なんて、ちょっと心配だよ。相談できる相手がいた方がいい」

「ぞうさんがいるし」

彼女は首を横に振った。

「もっと、若くて、法律にも多少明るい人」

「いますか、そんな人」

友達の田端亜弥の顔を思い浮かべた。彼女とはあれから会っていない。離婚のことも話していない。別に話してもいいのだが、今は幸福な彼女に会って一から説明するのが、どこか、面倒だった。

「ああ。うちの税理士の先生はどうかな。あの人、確か、行政書士の免許も持っているはずだよ」

「税理士さん……あれですか、ここに月一で来る人？」

沙也加はその人を思い出そうとした。若くて小柄で痩せていて、帳簿をチェックしたあと、ぞうさんが食事を振る舞うのだが、あまりたくさん食べられない。いつも、ぞうさんが盛り付ける茶碗を見て、「そんなに食べられませんよお……」と情けない声を上げている。ここの定食でさえ、食べきるのはきつそうで、食事の最後は肩で息をしている。何より、顔立ちがまったく思い出せない。影の薄い男だった。

「あの人、あんなんだけど、結構、物知りだよ」

「いや、それこそ、あちらの女と一緒で、弁護士でもない人に相談するのはどうでしょう？　ダメなんじゃないですか？」

「離婚の内容はともかく、行政書士さんなら書類上の相談くらいならできるはずだし」

「まあねえ」

「それに、誰だって、友達の離婚の相談くらいは乗るじゃないか。ということはかまわないんじゃない？　友達になれば」

「え、私、あの人と友達になるんですか⁉」

「そういうこと」

「だって、あちらだって、そんなの嫌がるかも」

「いや、あの子はあたしが頼んだことは断らない」

ぞうさんは強くうなずく。

「あくまでも友達として、相談に乗ってもらうってことで一度話してみたら」

「まあ、そういうことならいいかな……」

切り分けた鶏肉をぞうさんはまた、大きなボウルに入れ、上から醤油を回しかけた。さらに、ニンニクとショウガを上からすりおろし、少しカレー粉を入れた。

「カレー粉、入れるんですか」

「まあ、夏のから揚げにはほんの少し入っていると、評判がいいよ……あんた、ちょっと揚げてみるかい？」

ぞうさんは壁の時計を見ながら言った。十一時過ぎだった。

「作り置いておくには少し早すぎませんか」

「作り置きなんてしないさ。でも、よかったら教えてあげてもいいよ？」

「え、いいんですか！」

ぞうさんの顔を見ると、無表情でうなずいている。なんだか、こちらに気持ちを読まれないようにしているようだ……もしかして。

「……気を遣ってます？」

郵便はがき

料金受取人払郵便

牛込局承認

5517

差出有効期間
2025年6月
2日まで

162−8790

新宿区東五軒町3−28

㈱双葉社

文芸出版部 行

ご住所	〒		
お名前	（フリガナ）	☎	
		男・女・無回答	歳
メールアドレス			

購読ありがとうございます。下記の項目についてお答えください。
記入いただきましたアンケートの内容は、よりよい本づくりの参考と
せていただきます。その他の目的では使用いたしません。また第三者
は開示いたしませんので、ご協力をお願いいたします。

名（　　　　　　　　　　　　　　　　　　　　　　　　）

本書をお読みになってのご意見・ご感想をお書き下さい。

お書き頂いたご意見·ご感想を本書の帯、広告等(文庫化の時を含む)に掲載してもよろしいですか?
はい　2. いいえ　3. 事前に連絡してほしい　4. 名前を掲載しなければよい

ご購入の動機は？
著者の作品が好きなので　2. タイトルにひかれて　3. 装丁にひかれて
帯にひかれて　5. 書評・紹介記事を読んで　6. 作品のテーマに興味があったので
「小説推理」の連載を読んでいたので　8. 新聞・雑誌広告(　　　　　　　　)

本書の定価についてどう思いますか？
高い　2. 安い　3. 妥当

好きな作家を挙げてください。
（　　　　　　　　　　　　　　　　　　　　　　　　）

最近読んで特に面白かった本のタイトルをお書き下さい。
（　　　　　　　　　　　　　　　　　　　　　　　　）

定期購読新聞および定期購読雑誌をお教えください。
（　　　　　　　　　　　　　　　　　　　　　　　　）

「何が」

「私が夫に嫌な思いをさせられたから、気を遣ってくれてますか？」

「別に……だけど、嫌ならいいよ。別に」

「いえ！　教えてください！　定食屋『雑』の特製から揚げ！」

「そんなたいしたものじゃない」

ぞうさんは大きめのバットを出して、小麦粉と片栗粉をそこに入れた。量ったりしない、適当な分量だけど、小麦粉四、片栗粉一くらいか。

「でね、ここからが問題だよ」

ぞうさんは小さめのグラスに水を入れた。

「どうするんですか」

「さあ、見ておきな」

その水を混ぜた粉にさっとかけた。全部ではない。半分くらい。

「あ、水入れちゃうんですか」

「少しだけね、この分量が面倒だ。慣れるまでちょっと時間がかかる」

すると、ぞうさんは濡れた粉を指で混ぜた。粉はたちまち「だま」になっていく。

「こうしてさ、粉の粒を作るんだよ。できるだけ細かくね。それからこのだまの入った粉をまんべんなく肉につける」

実際、ぞうさんはボウルに入っていた肉を取り上げて、粉にまぶした。肉に均等に粒がついていく。それは思っていたより、繊細な作業だった。

「この粒というか、だまがから揚げのサクサクやカリカリになるんだよ」

「そうだったんですね。ぞうさん、こんなことしてたんですね」

「まあね。別にむずかしいことじゃないけど、ちょっとコツがいるんだよね。それに、この粉も、揚げたから揚げの衣も、あまり時間を置いておけない」

そして、彼女が衣をつけた鶏肉と、沙也加が倣って作ったものとを揚げてくれた。

二人で、厨房に立ったまま試食する。

さすがに、ぞうさんが作ったものは、ざくざくのカリカリだった。

「……おいしいですね」

「まあまあだね」

沙也加の作ったものは、だまは大きいし、均等につけることができていなかった。ガリガリはしているけど、ぞうさんのから揚げほどではない。見た目もごつごつしていて、良くない。

「うーん。しかたないけど、やっぱり、これじゃ、店では出せないよ。練習しないと」

「ダメですねえ」

そうしているうちに、ランチの最初の客が入ってきた。

「……そういえば、あの税理士の先生、このから揚げが好きなんだよ。次の週末は月末だよね。その頃来ることになってるから、から揚げを出して、相談してみようか」

ぞうさんは試作品の最後のから揚げを飲み込みながら、言った。

第4話　ハムカツ

「理想のハムカツってどういうのでしょうね」

　店の端のテーブルで、二人のサラリーマンが話す声が、カウンターで夕飯を食べていた高津一雄にも聞こえてきた。

「あ、今、ハムカツ人気で、いろいろありますよね。テレビや雑誌でも特集されてて。ブームなのかな？」

「とにかく、厚い……分厚いのとかって、人気な気が……」

「ありますね。それだけで、店の名物とかになってる。自分、四センチくらいの厚さがあるハムカツ、食べたことありますよ」

「え、四センチもあったら、それはもう」

「ええ。ほとんどハムをかじってるようなものです」

「あと、ポテトサラダとか入ってるのもありますよね」

「ポテトサラダ？　ハムカツに？　のせてあるんですか？」

「いや、違います。はさんであるんです。ハムとハムの間に。それを揚げてあるんですよ」

「いやー、それって違う食べ物じゃないですか。自分の中ではハムカツではないな」

「ハムの種類もいろいろありますよね」

「俺は、いや失礼。自分は普通のでいいな」

一人の口調が一瞬、くだけて、そして元に戻った。

「いえ、かまいませんよ。普通って言うと、いわゆるロースハムですか」

「ロースハムっていうのは……」

首をかしげる。あまり、料理に詳しくない男らしい。

「ほら、一番普通のハムですよ。丸くて、端に白い脂がついていて、スーパーなんかでパックになって売ってる……」

もう一人が身振り手振りで説明して、やっとわかったようだった。

「ああ、あれか」

「うちはあれ、ほぼ毎日食べてますよ。朝、パンかご飯にハムエッグで。ハムエッグを作るのが僕の仕事なんです」

「偉いなあ」

「いえ、妻は二人の子供の着替えで手一杯だし、僕が作らないと……でも、妻は半熟、子供たちは固い黄身がいいって、いつも大騒ぎです」

どうも、一人の方は家庭持ちらしい。もう一人はつまらなそうにビールを飲むと、話を戻した。

もしかしたら、独り者なのか、もしくは家庭がうまくいっていないのかもしれない。

「……あのロースハムだと高級すぎるんですよね」

「高級すぎ……？」

「もっとぺらぺらの……端が赤いような、四角いハムでいい」

「なるほど」

「ただ、普通のスライスだと、さすがに薄すぎるかな」

「なるほどー」

同じ言葉で相づちを打っているが、最後を長く伸ばしているところを見ると、彼には彼の別の考えがあるのかもしれない。だけど、反論はしない。だって、サラリーマンだから。

きっと、お互いに気を遣っているのだろう。どういう過程でここの店に行き着いたのか……詳しくはわからないが、たぶん、同じ会社の同僚ではないと見た。いや、同じ会社だとしても、違う課だったり、これまではほとんど関係がない部署だったりするのかもしれない。それが、なんらかの偶然が重なって、今日、ここで酒を酌み交わすことになった……。

すると彼は自分が食べている、ハムカツを見直した。

「じゃあ、こんな感じに、ちょっと厚みのあるハムカツは……？」

「うん。ちょっと中途半端ですよね。五ミリくらいの厚さでしょ。薄くてぺらぺらか、じゃなかったらがっつり厚いか。または別のものをはさんだりしてアレンジするか。はっきりして欲しい」

「なるほど」

「まあ、出されたら食べますけど」

「そうですよね、ただならなんでも食べます」

そこで二人は声を合わせて大笑いした。

高津は慌てて目をそらし、ぞうさんの顔を見た。

今の声が聞こえていたか聞こえていなかったのかわからないが、彼女は無表情で料理を作っている。聞こえなかったならいい。だけど、店の料理を前に、あれがいい、これがいいと言われているのが耳に入ったら気の毒だ。

「……塩らっきょう、食うかい」

「え」

「塩らっきょ」

「食べる食べる」

塩らっきょうとは、文字通りらっきょうを漬ける前にまず塩漬けするのだが、それを塩抜きして細く刻んだものである。島らっきょうの塩漬けに近いかもしれない。昔、妻のサトが生きていた頃、らっきょう漬けをする時、必ず作ってくれたものだ。彼女が死んでから、食べる機会もなかったが、「雑」ではこの時期に時々出してくれる。

「はいよ」

小皿に、半透明のらっきょうが刻まれたものがのっていた。箸でつまんで口に入れ、しゃりしゃりと音をさせる。前なら酒を必ず頼んでいたけど、今は飯と一緒に食べる。

「ありがとう。うまいね」

ぞうさんは返事もしない。

この店の良さはこれだ。

このらっきょうだとか、キャベツのぬか漬けだとか、スーパーやちゃんとした料理屋ではなかなか出てこない、さもない料理を時々、出してくれる。

その名の通り、メインの料理は雑だけど。

また、二人のサラリーマンをつい、見てしまう。

たぶん、仕事で一緒の現場か何かに行ったのだろう。その帰り、「ちょっと飲みませんか」というような言葉をお互いに掛け合って、ここまで来た。たぶん、この店に来るのも初めて。

片方は妻子持ちらしいから、本当は来たくなかったのかもしれない。早く帰って、家事を手伝い、子供の相手をしてやらないと文句を言われそうだ。だけど、仕事を円滑に進めないといけないから、しかたなく、一杯くらいは……と付き合った。いや、逆かな、独り者は早く帰って、家で自分の趣味でもやりたかったが、妻子持ちが早く帰りたくなくて、誘ったとか。

「なんか、食べたいもの、あるかね」

「え」

ふいにぞうさんに声をかけられて、高津はまた彼女の方を向いた。

「食べたいものさ、なきゃいいけど」

気を遣ってくれているのだろうか。高津は熱中症で倒れてから、揚げ物や酒をほとんど頼まなくなった。決して、厳しい禁止令が出ているわけではないが、あまり食べたくないのだ。どうも、食べたり飲んだりした後、胃のあたりがむかむかする。

「……豆のきんとん……」

「え⁉」

「いや、ごめん」

思わず、口ごもってしまう。

「何さ、豆のきんとんて……」

「いや、昔、女房が作ってくれて……いや、いいんだ」

正月に食べる栗きんとんなら、皆、知っているだろうけど、豆きんとんはほとんど知られていない。だけど、女房は東京下町の生まれ育ちで、子供の頃からよく食べたのだ、と時々、作ってくれた。栗きんとんより、甘みを抑えた素朴な味だ。

「……それは何？　きんとんの部分は、栗きんとんと同じで芋でできているのかね？」

めずらしく、ぞうさんが食い下がる。

「……や、どうかな……自分では作ったことないから」

「ふーん」

妻のサトは料理のうまい女だった。とはいえ、現在のようなＳＮＳ時代と違って、それをひけらかすような場所も、機会もないから、自分では「普通の料理」だと思っていたようだ。

だけど、彼女が死んだ今ならわかる。

作ったもの、なんでもおいしかった。芋の煮たやつとか、小松菜の煮たやつとか。芋の煮たやつというのは、肉じゃがのことではない。それもおいしいけど……そして、「雑」の肉じゃがも大好きだけど、サトのはジャガイモを薄甘い汁でさっと煮たようなもので、時にはちくわが入っていたり、糸こんにゃくや、イカが入っていたり。適当だけど、おいしかった。

ああ、また、あれが食べたい。だけど、ああいう料理はあまりにも普通で何処でも食べられない。サトと一緒に死んでしまった。ぞうさんにもなんと説明したらいいのかわからない。

「……気にしなくていいよ」

「何がさ」

「豆きんとんなんて」

ぞうさんに言うと、彼女は小さくうなずいた。それはイエスにもノーにも見えた。

わははははは、と大きな笑い声が聞こえて、反射的に自分の背後に座っている、サラリーマンたちをまた振り返ってしまう。

大きいけど、乾いた笑いだった。一人はのけぞって頭に手を当てている。もう一人は逆にテーブルに突っ伏すようにして笑っている。

本気で爆笑しているようにも、ただ相手に合わせて笑っているようにも見える。

それでもいい。

今の高津にはすべてが美しく、輝いて見える。うらやましい。昔は自分もあんなサラリーマンだったのだ。

あの頃は、いったいこんな生活がいつまで続くのだろうか、一日でいいから丸一日休みたい、寝ていたい、一人きりになりたい、と思っていたけれど、今、そうなってみると、自分は自分の幸せを何もわかっていなかったのだ、と気がつく。

「酒はもう飲まないのかね」

急に、声が聞こえてきて、はっと顔を上げると、ぞうさんは店のテレビの方を向いていた。

「酒？　俺？」

自分の顔を指さして、尋ねる。そんなことをしてもぞうさんからは見えないのに。

「うん」

客はサラリーマンたちと高津だけ、すべての注文品を作ってしまったから仕事はないらしい。

彼女は片手にマグカップを持ったまま、テレビの方しか見ていない。

「まあね」

「なんか、言われたのかね、医者に」

また尋ねる。

「……そういうわけじゃないけど」

「ならいいが」

「酒を飲まないと、いくらにもならないよね。お店は」

少し、おどけたふうに言った。

「悪いねえ。商売にならなくて」

「……そんなこと、言ってるわけじゃないけど」

さすがに、ぞうさんはむっとしたようだった。

「あ、ごめん。本気で言ってるわけじゃないよ」

「どこか、何か、悪いのかね」

「そういうわけじゃないが」

高津は手元の麦茶をごくっと飲んだ。これは「雑」にはいつも置いてあって、客なら誰でもただで好きなだけ飲めるやつだ。

「なんだか、イガイガするんだよ」

「イガイガ？」

その時、やっとぞうさんの顔がこちらを向いた。

「ここが」と胸の真ん中を指でこすって見せた。

「食道のあたりが、酒が通る時、イガイガというか、ひりひりというか……なんか違和感があるんだ」

「それ、言ったのかね、医者に」

「いや。でも、胃カメラ飲んでもさ、特に異常はないし、食道もきれいなもんだって言われた」

「ならいいが」

ぞうさんはまたテレビに目を向ける。

高津も観た。野球放送だった。どこのチームともわからない選手たちが球を投げたり、打ったりしている。

ふっと高津は思った。こんな時間もいつかは懐かしくなる日がくるのではないだろうか。子供や妻と一緒にいた時と同じように。

あの時はなんでもない、時間つぶしのようなものだと思っていたけど、かけがえのない時間だったと。

「……ねえ、ぞうさん」

テレビに目を向けながら言う。

「何?」

「ここのハムカツはどこから仕入れてるの?」

「……どこって、普通の業務用食材を売ってる店」

「前は薄いハムだったよね」

「そうだっけ?」

「ハムの縁が赤いようなぺらぺらのハムで、それを揚げていた」

「ああ。確かに。前はそういうハムを使った冷凍のハムカツを買ってきて揚げて、三枚四百円で出してたんだけど、その店の仕入れが変わってね。今は厚いハムしかなくてさ。二枚で三百八十円。わりに評判もいいよ」

「なるほど」

なんと言ったらいいか。

「……何?　嫌いかい?　厚いハムカツ」

「いや、嫌いじゃないけどさ。最近はいろんなのがあるみたいだからさ、ハムカツも。薄いの、厚いの、チーズはさんだり、大葉はさんだり……ポテトサラダはさんだりね」

「ふーん」

「前に高校の同窓会があって、新宿の居酒屋でやったんだが、そこで食べた。わりにうまかった」

「ふーん」

決して、今のままでも悪くはないが、あんなふうに若いサラリーマンが話していると気になってしまう。「雑」も多少はマイナーチェンジしてもいいんじゃないか、と高津は思う。

それはただ、自分の行きつけの店が、今はもう、自分が持っていないものを持っている人間にジャッジされるのがつらいだけなのかもしれない。


「雑」で夕飯を食べ終わって、家に帰った。鉄製の門を通り、ドアの鍵を開けていると、自分の家なのに隣の家の犬に吠えられた。ワンワンという声が近所中に響き渡った。

「……チロ、チロ、俺だよ、泥棒じゃないよ」

声をかけながら、家に入った。しばらくするとそれはやんだ。

もう十年以上飼われているし、昼間、飼い主とともに顔を合わせる時はそう吠えないのに、夜は必ず吠えられる。

「バカな犬だ」

つぶやいた時、はっと思い出した。チロは隣の人が前に飼っていた犬で、白い雑種だった。この犬とは違う。数年前に死んで、今の犬は一年前くらいに来た……はずだ……確か……犬種は？名前はなんだっけ？

どうしても思い出せず、頭をひねる。とはいえ、そう怒っているわけではない。あれだけ吠えれば、防犯になるだろうと思う。

高津の家は築四十年以上の木造住宅だった。当時流行った造りで、一階に台所とトイレ浴室に六畳間が一つ、そして、二階には六畳間が二部屋と押し入れがある。高津はずっと都内の大手家具メーカーの営業をしていた。普通の家の家具ではなく、会社や店舗など、企業向けの家具を主に扱っていた。就職して数年した時、親族に紹介され見合いで結婚したのが亡妻だ。結婚当初は会社の社宅に住んでいたが、妻が二人目を妊娠した折に三十年ローンを組んでこの家を買った。

三人の子供が大きくなると上の階を男の子と女の子で分けて使い、自分たちは台所の隣の、居間兼客間に夫婦の布団を敷いた。朝起きたら、布団を畳んでご飯を用意しなければならなかった。狭い狭いと文句を言われながら、都心までのアクセスはよく、皆、結婚するまでここに住んでいた。でも、子供が巣立ち、妻が死ぬと、広すぎて持て余している。

近所には同じような間取りで建てられた建て売りがずらっと並んでいたけど、あるうちは建て替えられ、あるうちは引っ越し……気が付けば三十年以上、元のまま住んでいるのは、高津と斜め前の家の二軒だけだ。そこは高津の家とは逆に、夫が先に亡くなった、同じくらいの年頃の女性が一人で住んでいる。

小さくて古いけど、都内の駅から徒歩十二分の家だ。売れば、老人ホームに入るくらいの金額にはなるだろう。子供たちに迷惑をかけることもない。それだけは少し安心だった。

テレビをつけてその前に座り、はあっと息を吐く。和室に絨毯を敷いて、その上にソファを置いている。あまりおしゃれではないが、畳の生活は足腰に堪えるから、ソファを置いて楽になった。

最近、二階はほとんど使っていない。片方の部屋は子供たちや亡妻の物が置いてある。隣の部屋には布団が敷きっぱなしで、眠くなればそこで横になるし、時にはソファで寝てしまうこともある。

テレビではNHKの九時のニュースが始まったところだった。

「前はもっと遅くまでやっていたのにな」

気がつくと独り言を言っていた。

定食屋「雑」は今のぞうさんの前のぞうさんがやっていた時には、夜中の二、三時頃まで開いていて、飲み屋としても十分機能していた。近所に住んでいる人や、会社帰りの人、飲み会の後の飲み足りない客なんかが遅くまで宴会をしていたものだ。

今のぞうさんが切り盛りするようになって、少しずつ、早じまいするようになった。そして、高津自身も遅くまで飲んでいるようなことはなくなってきた。

店も、人間と同じように歳を取るのだと、今、初めてそんなことに気づいている。

妻が死んですぐの頃は、店が閉まるまで、一人で飲んだこともあった。家にひとりぼっちでいられなかったからだ。

妻は五つ年下だったし、平均余命から考えても、自分があとに残るとは思っていなかった。それが子宮頸がんが見つかって、あっという間に逝ってしまった。

あの店に通うようになったのはいつだったか……とふと考える。三十年近いから、もちろん、妻が生きていた頃からだ。

休日なんかに家族で行こうとすると、子供たちはせっかく外食するなら駅の向こうの、ファミレスの方がいいと言った。だから昔は、高津が一人で、会社が終わって、同僚や取引先と飲んだその帰りに寄ることが多かった。

あの頃……高津が四十代五十代の頃は、一番忙しく、ストレスを抱えていた。だったら早く家に帰ればいいと思うのだが、気を遣う接待のあとなどは、一度、店に寄って、少しインターバルというか、クッションというか、そういう隙間の時間がないと、疲れが取れない。

あの店のカウンターに座って、ビール一本とつまみを頼み、時にはそのあと、ウィスキーなんかも飲んで、マスターである初代ぞうさんと話して、まだ若かった今のぞうさんをからかったりして、そうして、ぼんやりした時間を過ごさないととても生きていけなかった。

まあ、それも自分のわがままだったのかもしれないな。

妻のサトはこの家で子供を育てて、なんの息抜きもなく、働き詰めだったのだから。子供が高校生になったくらいからは駅前のスーパーでパートして、家計を助けてくれてさえいた。

そんなのは当たり前のことだと、当時は感謝もろくにしていなかった。

だから、高津は、沙也加の夫の気持ちもちょっとわかるのだ。

今、沙也加が夫と別居して、離婚についての話し合いをしていること、彼が会社のあと疲れて公園で強い酒を飲んでいたこと……そんなことはなんとなく、ぞうさんと沙也加の話から漏れ聞こえてわかっていた。沙也加はそれに傷つき、さらに、最近は彼の言動に傷ついているようだ。最近のことはともかく、最初の二人のすれ違いの原因になったことは……。

わかるなあ、と思う。男というのは、そういう時期があるのだ。家にまっすぐ帰れない。そんなことは彼女やぞうさんから訊かれなかったら、口が裂けても言わないが。

初めてあの店に行った時、初代ぞうさんは「いらっしゃい」と短く自分を迎えた。

「何にしますか」

「じゃあ、ビールにするか」

まだ若い……と言ったらいけないか、でも少なくとも今よりは水気のあるぞうさんが持ってきてくれた熱いおしぼりで手と顔を拭きながら答えた。

「瓶にします？　生で？」

「生……いや、瓶にするかな」

生はおいしいけど、泡が消えることに気を遣って、せかされるように飲むのは嫌だった。瓶から自分でちびちびと注ぎたい。

「何か召し上がりますか？」

「もう食べてきたんだけど……」

それを聞くと、初代ぞうさんは梅で和えたイカ刺し、小さな玉子豆腐、甘く煮た小魚を組み合わせてつきだしとして出してくれた。

いいチョイスだな、と思った。こういう店でよく出てくるもの、例えば、きんぴらとか肉じゃがとか、そういうものは当時は家で食べられた。出されても、あまり嬉しくなかったに違いない。気がついたら、それでビールを飲んで、ウィスキーのボトルまで入れてしまった。週に一度か二度通うようになって、すっかり常連だった。

商店街で祭りなどがあれば、定食屋「雑」（当時は「雑色」だったが）も店の前に屋台を出したから、家族で訪れた。高津も妻や子をぞうさんたちに紹介したりした。

ああ、その時ではなかったか。初代ぞうさんの妻、好子を見たのは。

高津が「これ、うちのやつです。それから娘と息子」と後ろにいた家族を押し出すようにすると、ぞうさんはそつなく挨拶して、「おおい、好子」と店の中にいた彼女を呼んだ。

細くて髪が長く、正直、「雑」の雰囲気とかなり違う女だと思った。ただ、とても愛想が良く、にこにことお辞儀して「いつもお世話になっています。ありがとうございます」と言ってくれた。きれいな人だった。

あの人が店にいれば、もっと流行るだろうに、と思った。まあ、そうでなくても金曜日の夜には店がいっぱいになるけれど。

二回目に好子に会ったのは、確か、それから数ヶ月後、会社の帰りに駅前のスーパーに行った時だった。

子供たちが学校からインフルエンザをもらってきて、妻もそれにかかってしまったのだ。外食が多い高津でも、そういう時に頼まれれば、飲み会を断って買い物くらいはする。

好子は一人で、買い物カゴを提げて品物を選んでいた。黒いワンピースを着て、長い髪が顔にかかっていた。服装や髪型が垢抜けていて、普通の家の奥さんには見えなかった。

高津は不思議なくらい、胸が高鳴った。

それが聞こえたわけでもないだろうが、視線を感じたように、彼女は顔を上げた。高津を見たとたん、またあの笑顔でにっこりと笑ってくれた。

「お買い物ですか」

高津は自分の気持ちに戸惑いながら尋ねた。

「はい」

顔を上げた彼女は、自分の顔にかかっている長い髪を手でまとめ、くるくるとアップにした。何かで留めているわけではないので、それはまたほどけて、背中に広がった。無意識の動作のようだったが、なんとも色っぽかった。

「ぞうさんは家では料理をしてくれないのですか」

彼女はまた微笑むと、「家では嫌なんですって」と言った。

ああ、その声もまた素敵だった。鈴を転がすようないい声だった。

「今日は、家族がインフルエンザにかかってしまって」

何も訊かれてないのに、高津は買い物カゴを見せながら説明した。

「あらまあ。大変」

「ええ」

「お大事に」

もう一度、レジのところで一緒になり、また会釈をして別々に店を出た。

あの時も、もう戻っては来ない。

あんなふうに人を想うこと、胸を衝かれることは二度とないだろう。

人は……いろいろ隠しながら、あの店に通う。


土曜の夜に、長女の理子とその夫の光輝が食事に誘ってくれた。

二人は今、豊洲のマンションに住んでいる。水辺に建つ、立派なタワーマンションだが、賃貸だ。小四と小一の二人の息子がいて、今日は二人ともサッカーの合宿があるらしく「お父さん、良かったら久しぶりにご飯でも食べない？」と連絡があった。

「二人きりなんてそうないんだろ？　夫婦でゆっくりしたらいいじゃないか」

嬉しさと面倒くささが相まって、そんな返事をした。

「もうそんな歳じゃないわよ。それに、最近は結構、子供たちのキャンプやら塾合宿やらがあって、意外と二人でいることも多いの。もう飽きたわ」

考えてみると、理子も光輝と結婚して十二、三年、歳は四十を過ぎている。確かに、夫婦水入らずで、という歳でもないのかもしれない。そうか、それじゃあ、お言葉に甘えるか、ということになって、双方が行きやすい場所でということで、新橋の店を指定された。光輝が何回か会社で使ったことがある和食屋だと言う。

メールで送られてきた地図を手に着いた店は小さな雑居ビルのちょっとした小料理屋で、「あの子たちもこういう店を使うようになったんだなあ」としみじみした。

二人は大学のサークルで知り合った一つ年の差がある夫婦で、理子の方が下だった。とはいえ、子供の頃から何事にも利発で、クラスのリーダー的な存在だった理子は今も性格はそのままで、おっとりと優しい光輝をしっかり尻に敷いている。結婚式も両家の顔合わせも、どちらも理子が好きなイタリアンレストランで、これまでこういう店で一緒にご飯を食べたことはなかった。

店の女将に名前を言うと、すぐに奥の個室に通された。すでに二人は着いていて、高津の顔を見ると、ぴたりと話をやめた。

「お父さん、久しぶり」

「お義父さん、ご無沙汰しています」

ただの挨拶なのに、二人が緊張して見えたのは気のせいか。

「やあやあ、申し訳ないね」

手刀を切りながら、勧められるままに奥の席に座った。

「正月以来かな」

熱いおしぼりで顔を拭きながら何の気なしに尋ねたら、「すみません」と光輝が肩をすぼめた。無沙汰を責めたような格好になってしまい、高津の方が慌てた。

「いやいや、とんでもない。若い人は忙しいんだから」

すぐにビールが運ばれ、予約時に頼んだというコース料理が並んだ。何から何まで行き届いた接待っぷりで、これまた、理子や光輝の社会人としての成長を感じさせるものだった。

特に問題なく会話は弾み、子供たちのサッカーの様子や、二人の会社での働きなどを聞き、食事はどれもおいしかった。

二杯目のウーロン茶を頼んだ頃だろうか。

「お父さん、お酒飲まないの？」

理子が眉をひそめながら言った。

「……まあ、あれからちょっと控えてる」

熱中症で倒れたことはもう話してあった。

「今日は、家から少し離れたところに来てるし……」

夫婦は顔を見合わせた。

「いや、心配することないよ。前に伝えた通り、どこが悪いというわけじゃないしね」

「本当？」

「……大丈夫だって。それより、勇輝（ゆうき）たち、普段はどこで遊んでいるんだ？　あのあたりじゃ、いい公園がたくさんあるんだろ」

「それがね、あるにはあるんだけど……いつも外にいるわけにもいかないじゃない？」

理子が待ってました、とばかりに正座していた膝を足踏みするように少し動かした。「本当に大変なの。小四と小一の男の子でしょ。騒ぐなって言う方が無理。ううん。ただ、歩いているだけで振動が下に響くらしいの」

理子がそこで大きくため息をついた。

「さすがに上の勇輝は言えばわかる歳になってきたけど、下の知輝（ともき）はダメ。小さい子ってたぶん、力の加減ができないんでしょうね。別に走り回ってるんじゃなくてもうるさいみたいで……」

「うるさい？　誰かに言われるのか」

「言われるなんてもんじゃないわよ。下に住んでる人が神経質で……歳はお父さんよりちょっと若いくらいだったかな、毎日毎日注意されてね。最初は手紙がポストに入っていて、『朝晩だけでもなんとかなりませんでしょうか』とか『夜十時以降は寝かせてもらえないでしょうか』とか書かれてそれだけでも」

「え。勇輝君たち、夜十時まで起きてるのか」

驚いて、余計なところで反応してしまう。

「しょうがないの！　今は昔と違って、親たちも共働きだし、会社から帰ってきて、ご飯作って食べさせて、お風呂入れてたらあっという間に十時だよ。皆、そうなんだよ。お父さんたちみたいに、お母さんが専業主婦の時代とは違う」

理子の目が見開かれている。その顔つきが亡き妻のサトにそっくりで、笑いそうになってしまうが、寸前でこらえた。そして、「だったら、仕事をやめたらいいじゃないか」という言葉も一緒に飲み込む。

「そうだよなあ」

できるだけ、わかったふうにうなずいて、ウーロン茶を飲んだ。

「まあ、しかたないよなあ。年頃だもの。あと数年したらおとなしくなるさ」

「お父さんは一軒家だから、わからないのよ。この気持ち。手紙だった時はまだよくて、次は怒鳴り込まれたの」

「え。どうして」

驚いて聞き返すと、理子は二杯目のビールを飲み干して、おかわりを頼みながら言った。

「日曜日のお昼にね。文字通り、下からやってきて『静かにしろ！』って怒鳴られて。それを皮切りに何度も何度も」

「……そりゃ、大変だなあ」

実はその言葉には、理子たちに対するねぎらいの気持ちと、その下の住人への申し訳なさが含まれていた。

自分より少し若いということなら、きっと退職後の夫婦なのだろう。静かに二人で暮らそうと思ったとたん、上の階からがんがんやられたらたまらない。口には出せないが、高津はその老夫婦たちに心の中で手を合わせた。

「……で、その人たちは引っ越していって」

「え。引っ越したのか!?」

かわいそうに、という言葉をもう一度飲み込む。その歳での引っ越しは堪えただろう。

「まあねえ。次は四十代の子供のいない夫婦が引っ越してきて」

「ああ」

「今度は少し若い人だからいいかなあと思ったら、やっぱり同じような感じでね」

確かに、うるさく感じるのに歳は関係ない。

「いや、田中さんたちの方が厳しかったかもしれないよ」

それまで、口をはさまず、静かに食べ飲んでいた光輝が口を開いた。その夫婦は田中というらしい。

「昼間働いてるから、夜は静かにして欲しいって何度も言われて……上で騒がれると頭ががんがんするって」

「騒いでなんていないわよ。ただ普通に暮らしてるだけよ。それでも、子供の足音は響くのよ。しかたないじゃない。だったらどうやって子供を育てればいいのよ。あの人たちはＤＩＮＫＳで優雅で裕福かもしれないけど！」

まるで光輝がその夫婦であるかのように、理子は言い切った。

「で、その人たちも引っ越していって」

「え。もう、引っ越されたのか」

「まあね。そしたら今度は大家さんから注意されたの。ううん。うちのじゃない。下の部屋の大家よ。うちのマンションは分譲用に建てられたマンションだけど、投資用に買ったり、買ったあと転勤で出たりして、賃貸になってる物件が多いのよ。うちもそういう人に借りてるんだけど。

下の部屋の大家から連絡があってね……続けざまに店子が出て行って、いい加減にして欲しいって」

「そんなこと言われたのか」

「いや、さすがにそこまできつくはないんですけど。丁寧にそんな感じで」

光輝が笑いながら言った。

「笑いごとじゃないわよ！　次に早期で人が出て行ったら、クリーニング代の負担を考えてもらいたい、って書いてあったんだから」

「いや、それは借主負担じゃないのか」

そういう話はずっと持ち家に住んでいる高津にはわからないが、時々、「雑」に来てる大家たちから聞いたことがある。

「時と場合によるけどあんまりにもすぐに出て行かれると請求しにくいと。実際、その夫婦からはクリーニング代は出したくない、自分たちが出て行きたくて出るわけじゃない、上の家がうるさいからしかたなく出て行くのに、とかなりごねられたみたいなんですね。でも、最近はいくらきれいでも、一度もクリーニングを入れずに貸すわけにはいかないらしいんです。特に豊洲のタワマンのような物件では。それでかなりもめたらしくて」

「なるほど」

「で、今は子供がいる家族が入ってるんだけど」

「もう、次の人が入ってるのか。人気なんだなあ」

「駅から近いわりに、少し古いから賃料が安いのよ。それでね……今度は子供がいる人だから少しはわかってくれるかと思ったんだけど……」

理子は唇を噛む。

「その家、奥さんが専業主婦なのよ。子供も幼稚園の女の子一人で。最初に挨拶に来てくれた時、ちゃんと言ったの。もしかしたら、うるさいかもしれません、って。引っ越しのご挨拶にお菓子持ってきてくれたから、お返しにうちだって、ちゃんととらやの羊羹持って行って」

それ、ご挨拶というより、むしろ、謝罪だろ。すでに謝罪モードだろ、と言いたかったが、我慢した。

「羊羹たって、水羊羹よ。その時は『お互い様ですからね』なんて言ってたのに……」

「ダメだったのか」

「やっぱり、うるさいって。さらに『うちの子は九時には寝かせてます』なんて言うのよ。幼稚園生と比べないで欲しいわ」

理子はそこで立ち上がって「私、ちょっとトイレ行ってくる」と出て行った。食事中にはしたないが、生ビールを三杯空けているからしかたないだろう。

「……すみません」

光輝がまた肩をすぼめるようにして言う。

「いや、謝らなくちゃならないのは、こっちの方だよ。理子はいつもつけつけと言い方がきつくて」

「いえいえ」

彼の方はまだ一杯目のビールをちびちびとなめるように飲んでいるだけなのに、もう顔が赤い。

「……たぶん、今度の人には専業主婦なことをちょっとひけらかすように言われて、今まで以上に頭にきてるんだと思います、理子ちゃん」

まるで、学生時代のように妻を呼んでいるのを見ると、娘がこの人から大切にされているのを感じて親としては嬉しくなるが……。

「つらいんだろうか、理子、仕事が」

また、何気なく尋ねてしまって、しまった、と思う。光輝はますます肩身が狭そうな顔をする。自分の稼ぎが悪いせいで妻に働かせて、と言われたように思ったのかもしれない。

「いえ……僕が言うのもなんですが、普段はやりがいある仕事だと言ってます」

「だよね。就職が決まった時もとても喜んでいた」

理子が働くのは小さいながら、広告会社だ。総合職としていわゆる、ばりばり働いているという状態で、彼女もそれを誇りにし、楽しんでいると思う。

「理子が働けるのは、旦那さん……光輝君の理解のおかげだと思ってるよ。ありがとう」

「いえ、今は、そういう時代じゃなくて、女性も働くのが当たり前だし、専業主婦というのが一番の贅沢なんです。そのあたりを下の部屋の奥さんに見せつけられて……いや、僕からしたら、そんなにひどい言われ方ではなかったと思うんですけど、『あたしは専業主婦だからわからないんですけど……』とか言われて、なんだか、当てこすられたように思ったらしくって……」

「なるほど」

男二人でひそひそと話しているところに、トイレを済ませた理子が戻ってきて、がらっとふすまを開けた。別に悪いことを話していたわけでもないのに、思わず、びくっとしてしまう。

「だからね」

男親と夫、二人の様子もまったく気にしていないように、理子は席に座って四杯目の生ビールを注文するなり言った。

「私たち、あの家に引っ越せないかって思ってるの」

「あの家って？」

素直に意味がわからなくて、聞き返した。

「お父さんの家、実家よ。当たり前じゃない」

「え⁉」

何を言い出すんだ、この子は……。

昔からはしっこい子で、クラスのリーダー的存在だった。なんでも率先してやって、一度言い出したらきかない、でも、優しい子だ、この子のいいところも悪いところもわかってる、しかし……。

「同居できない？」

理子はまるで、高津がそれに大喜びすると踏んでいるように高らかに言う。

「いい考えでしょ？」

「いや、だって、狭いの知ってるだろ。あそこに家族四人が入ってくるなんて無理……」

「だから、建て替えればいいと思うの。家をつぶして、庭も一緒に、三階建てにすれば」

「庭なんていくらもないよ。三階建てなんて」

周りの人たちがどれだけ驚くか。日当たりにだって影響するだろう。普段、挨拶以外はほとんど付き合いがないのに、近所の評判を気にせずにいられない。

「三階建てにしたところで、五人で、二世帯なんて無理だよ」

「あら、これが姑との同居じゃ、気詰まりであんな狭いとこじゃ絶対無理って思うけど、お父さんは実のお父さんで十年前までは一緒に住んでいたんだし。私たち、昼間はほとんどいないのよ」

いや、十二年以上前だろ、それに、それを光輝君の前で言うか。彼の方を見ると、すでにこのことは夫婦の間で了解済みなのか、しかたないと諦めているのか、静かに茶碗蒸しを食べている。

「うちらが遅い時にお父さんが子供たちといてくれたら、本当に助かる。会社にはどちらも実家の方が近いから、今より十分は長く寝られる」

え、シッターも押しつけられるの。あまりに驚いて声も出ない。

「それに、心配なの。お父さん、この間、倒れたでしょ。また何かあったらどうするの？　それがどうしてもダメならば」

理子がまるで、こちらに恩を売るように言う。

「あそこを売って、豊洲のタワマンを買う資金の一部にして欲しいの」

「俺はどうするんだ」

思わず、叫んだ。

「もちろん、お父さんも一緒に住むのよ」

絶対に嫌だ、この歳で知らない土地に住むなんて。しかもあんな新興の土地に。

「じゃなかったら……」

理子が首をかしげる。

「あそこの土地に私たちが家を建てて住んで、お父さんは近くのアパートに住んだらいいわ。それなら、気楽でしょ。私たちも少しは援助するわよ」

理子はにこにこと笑顔で言う。

つまり、俺を自分の家から追い出すというのか……。

理子、お前、本当の親子じゃなかったら絞め殺してるところだぞ。

いや、光輝がいなかったら怒鳴りつけているところだ。ただ、今、高津がこらえているのは義理の息子がここにいるからだった。

そして、なんだろう……彼の手前なのか、ここで怒ることが何か恥ずかしいことのようにも感じて、高津はただ、ウーロン茶を飲み干した。


「なるほど。ハムカツですか」

「雑」の厨房でみさえが話すと、沙也加は素直にうなずいた。

平日のランチが終わった時間、ハムカツの試作をしながら、夜営業の下ごしらえもしようと準備していると、彼女も残ってくれたのだった。

みさえはハムの種類……普通のスライスされたロースハム、四角いプレスハム、そして、塊のままのプレスハムを調理台に置いた。塊のプレスハムは二キロあって、なかなかの大きさがある。

フライのためのバッター液やパン粉は、ランチにも使ったものが大きなプラスチック容器にたっぷり入っている。他に、間にはさむチーズやポテトサラダ、大葉を用意していた。チーズはスライスチーズととろけるピザ用があった。

「高津さんはハムカツが好きなんですかね？」

「さあねえ。だけど、あの人がここに来るようになって二十年……いや、それ以上か。メニューにケチつけたことなんて一度もなかったから、ちょっと気になってさ」

「え。ケチつけたんですか⁉　あの高津さんが⁉」

沙也加が信じられないという表情で、驚く。

「そう」

手早くハムに衣をつけながら、みさえは渋々うなずいた。本当は認めたくもない。前なら、高津だろうが他の客だろうが、「うちの店の味が気に入らないなら来なくていいよ」と言っただろうし、言わなくても態度で示しただろうに。

「だけど、今、あの人、病人じゃない。なんだか、追い出すのもねえ。次の日から寝付きが悪くなる気がして」

「病人？　どこも悪くなかったって、言ってたじゃないですか」

「言ったさ。言ってたけどさ。あれからぜんぜん食が進まないし、酒も飲まなくなったし……」

　みさえは顔をしかめて首を振った。

「今までさ、客が死ぬ前ってたいていあんな感じなんだよ。食が細くなって、酒も飲まなくなって……いや、酒はやたらがぶがぶ飲み出すやつもいて、まあ、そういうやつは身体を悪くしても数年は生きていて、皆に迷惑をかけて死んでいくんだけど、食事も酒もってやつは急にぽっくりいったりするから、油断ならないよ」

「そうですか……」

「あれだけ揚げ物や酒が好きだった人が飲まなくなるなんて」

「ふーん」

「この間なんてね」

　みさえは声をひそめた。

「なんだか、この頃にはめずらしく遅い時間に来て、そこに座って、コーヒー飲んで帰って行ったんだから」

「コーヒー？　コーヒーだけだったんですか？」

「だって、酒も食事も済ませてきた、ただ、ちょっと寄ったんだって言うからさ」

「へえ。別の店で？」

「新橋に行ったって言ってたけど、誰と会ったとかはあまり言わないのさ。何を出すかって訊いても、自分でも何を食べたいのか、飲みたいのか、わからないみたいだった。しかたないから、あたしがいつも飲むインスタントコーヒー淹れてやって、つまみ用のお菓子、キスチョコとポッキー出したら、うまいうまいって喜んで食べて飲んで帰って行ったよ」

「なんだったんでしょう？　酔い覚まし？　本当はトイレを借りたかったとか」

「いや、なんだか、静かにコーヒー飲んで」

みさえは声をひそめる。

「あんまり言いたかないんだけどさ。泣いてたよ」

「え？」

「ここで泣いてたの、あの人。コーヒー飲みながら」

「えええええー」

「だから、あたし、よっぽど悪いんじゃないかって」

沙也加は驚きのあまり、両手で口をふさいでいる。

「ね。心配するのも無理はないだろう？」

「確かに」

「言いたかないけど、顔に死相が出ている気がする」

「死相！」

そうして話しているうちにハムカツはどんどんできあがっていった。

薄いロースハムに衣をつけたもの、同じく四角いプレスハムに衣をつけたもの、みさえがいくつか厚さを変えてカットしたプレスハムに衣をつけたもの……それらをどんどん揚げ油に入れていく。

「あれ⁉」

話をしていた沙也加が油の中をのぞいて叫んだ。

「うまく揚がりませんねえ」

彼女に言われるまでもなく、みさえも気がついていたことだった。

ハム……特にロースハムは平らにまっすぐに揚がらない。ハムが波打って、へこんだ部分は白く残り、逆に出っ張った部分はこげ茶になった。慌てて、油から上げる。

「これはあれだね。ハムの周りの縁の部分と真ん中の部分の素材というか、硬度が違うから、油の中でうねってしまうんだね」

「ですねえ」

「これまではできあいの、冷凍のハムカツを使っていたから気がつかなかった。あれはがっちり凍っているのをそのまま油に入れるから波打たなかったんだね」

まな板の上に置いて、包丁で上から切ると、さくっといい音がした。

「ちゃんと揚がってはいるんですけどねえ」

「まあ、中のものは生でも食べられるわけだから」

二人で厨房に立ったまま、試食した。

「……普通においしいですけどね」

「うーん。だけど、この色ムラができたのはお客さんに出せないよ」

「ですねえ……それに、おいしいですけど、これ、わざわざ手作りするほどのこともない、というか」

沙也加が意外とはっきり言う。

「確かに」

みさえも同じことを考えていた。

「せっかくですから、いろいろはさんでみますか」

「ああ」

少しやる気はなくなっていたけど、沙也加に促されて、他のものでも試作した。

どれも、ハムを二枚使って、間にはさんで揚げる。そして、二人で試食した。

「まあ、一番いいのは、チーズかな」

今度はみさえから感想を言った。

「ピザチーズより、スライスチーズの方がいいみたい」

「ピザチーズは伸びすぎて食べにくいね」

「大葉はハムの存在感が強すぎてあまり……」

「うん、これは鶏のささみや胸肉と合わせる方がいい」

「ポテトサラダは」

「悪くないけど、ちょっと手間がかかりすぎる」

実際、二枚のハムの間に一センチほどポテトサラダをはさんで、周りに丁寧にバッター液をつけて、パン粉をまぶすのは大変だった。置いておくと、ハムの重みでサラダが少しつぶされて間から出てきてしまう。

「この手間をかけるほどではない気がしました」

「ハムカツの専門店なら、出すけどねえ」

「うちで出すほどのことはありません……あ」

沙也加が何かに気づいたようで、別に何枚かハムを持った。

「なんだい」

「ちょっと思いついたんです。やってみていいですか」

しばらくして、沙也加は自分が衣をつけたものを二品、揚げてみせた。

「どうです？　これ」

一つは丸いハムカツ、もう一つはそれを半分にした、半月形のハムカツだった。丸い方は材料は同じはずだったが、見た目は前に作ったものとはまったく違っていた。

「……波打ってない」

「そうです」

冷凍のハムカツほどムラがないわけではないが、一応、全体がきつね色になっていた。

また、丸い方を二つに切って、分けて食べた。

「……味は同じだね」

「まあ、材料は全部同じですから」

「いったい、どういうことなの？」

沙也加は笑った。

「時間を置いただけです。少し丁寧にバッター液とパン粉をつけて、しばらく置いておいたんです。そうすると、パン粉にバッター液の水分がしみて、多少、硬度が増し、波打ちが和らいだのでしょう」

「なるほどねえ」

自分だって、薄いトンカツを揚げる時に同じようなことを意識してたのに、まったく忘れていた。

「じゃあ、こちらも食べてみましょう」

半月形のハムカツをまた、二つに切って渡してくれた。

「これ……なるほど、ハムを折って、ポテトサラダがはさんであるんだね」

みさえは一口かじったあと、その切れ目を観察して言った。

「ぴんぽーん。餃子みたいに包んでみたんです。これなら間にはさむよりは包みやすいです」

「ただ、ちょっとサラダの存在感がないかなあ」

ポテトサラダがあまりたくさんは入れられないのだった。

「とはいえこれで、まあ、手作りのハムカツを出す目安もついた。もう少し改良すれば、ちゃんとまっすぐに揚がったハムカツを作れるかもしれない。ランチのあとに衣をつけておけば、夜、出せるしね。沙也加が作ってくれたポテトサラダ入りのも、いろいろやってみたらもっといいかもしれないけど……」

「ええ。でも、さっきも言ったように手間がかかるわりに、それだけの価値があるかどうか」

「まあねえ」

「高津さんが来た時に作ってあげればいいんじゃないですか？　ハムもサラダもあるんだし」

それではあの男は遠慮して、言い出さないだろうと思った。

「……いずれにしろ、私はしばらく、ハムカツはいりません。胸焼けがひどい」

沙也加がぽつりとつぶやいた。二人は合わせて十個以上のハムカツを食べた計算になる。

「それはあたしも同じだよ」

二人で声を上げて笑ってしまった。


数日後、遅めの昼、二時半くらいに高津が「雑」に行くと、沙也加と若い男が店の奥の方のテーブルで額を合わせるようにして話していた。あの男は誰だ？　思わず、じっと見てしまう。

「……税理士だよ」

高津の視線に気がついて、ぞうさんが教えてくれた。

「……税理士？　沙也加ちゃん、そんなのに相談する必要あるの？」

ぞうさんは何も答えず、肩をすくめた。

「そんなに収入あるのかい。あ、相続でもするの？」

「……何を食べる？」

「あ」

高津は視線を店の壁に這わせた。

「今日の肉定食は豚肉の胡椒焼き、魚は鯛のかぶと煮」

「え。鯛？」

「いい鯛の頭がいくつか手に入ったんだよ。商店街の魚屋にさ、鯛のお刺身の注文が大量にあったんだってさ。あらを引き取って欲しいって言われてね」

「へえ。この暑い時期に？」

「なんでも大きな家の法事があって、仕出し屋がお弁当を入れたんだってさ」

「今はどこもホテルや料理屋でやるのに」

ふっと思い出した。サトの七回忌はいつだっけ？　自分ががんになって治ったあと、すぐに同じ病気でサトは死んだ。あの時、自分が彼女の前にがんになったことを少し感謝した。その経験がなければ、自分は妻の看病をろくにできなかっただろう。自分の体験があったからこそ、人並みのことをしてやれたのだ。ただ、彼女は半年ほどであっさり逝ったのでたいしたことはできなかった。七回忌、そろそろやらないといけないんだろうか。この間の理子は何も言っていなかったが、まあ、あいつは今、自分と自分の家族のことで頭がいっぱいなのだろう。

「ねえ。家でやる方が贅沢だよ。で、どうする？　鯛の頭を甘辛く煮てある。数量限定だよ」

「限定って、まだ、残っているの？」

「……一つ、あんたに残しておいた。たぶん、魚にするだろうと思って」

「ありがとう」

礼を言ったら、そのままそれが注文になった。料理ができあがると、ぞうさんはカウンターの上に定食の皿を一つずつ並べ、高津はそれを自分の前に下ろした。

「悪いね」

「いいや、このくらい、なんでもない」

白いご飯、大根の味噌汁、きゅうりとわかめの酢の物、煮豆……そして、鯛のかぶと煮だった。こういう甘辛い魚の煮物は大好きだ。嬉しくて、顔がほころんでしまう。鯛の目玉の下、顎のあたりの皮をめくると、そこから身の引き締まったかまの肉がほろりと落ちた。丁寧に汁をつけて口に放り込む。すかさず飯もあとを追わせた。

「……おいしいねえ」

自分の声がとろけているのがわかる。

「そうかい」

ぞうさんは鯛を煮ていた鍋をおたまでかきまわしながら、応えた。

「ちょっともらおうか」

めずらしく、自然と酒が欲しくなった。

「何にする？」

「日本酒。冷たいのを少し」

「じゃあ、半合、入れようか」

「いや……まあ、一合、飲めるかな。飲めなかったら残してもいいし」

その答えを聞いて、久しぶりにぞうさんが笑った。

すぐに木の升の中に入ったガラスのコップになみなみと入った日本酒が運ばれてきた。升の中にも半分くらい、酒がこぼれている。一緒に、きゅうりとなすのぬか漬けもついてきた。

口に含むと、ほどよく辛口で米の旨味が口いっぱいに広がる、いい酒だった。

「これどこの酒？」

「秩父（ちちぶ）の武甲（ぶこう）酒造ってとこの」

「うまいね」

「最近、ちょっと気に入ってるんだ」

「へえ、どうして知ったの？」

「近所の酒屋で勧められた。旨味がすごいだろう？」

「うん。ねえ、ぞうさんも一杯飲まないかね。おごるよ」

彼女はちらっと壁時計を見た。そろそろ三時だった。

「まあ、いいか。いただくか」

めずらしく、彼女も酒をコップについだ。そして、厨房で何かがたがたやったあと、カウンターに出てきて、高津の隣に座った。彼女の前には酒とぬか漬けと、何やら茶色いものが盛られた皿があった。

「じゃあ、いただきます」

コップを高津の方に一瞬、捧げるようにして、ぐっと飲んだ。

「……それ何？」

酒より、ぞうさんが持ってきた皿の方に目が行った。

「ああ、これは鯛そうめん」

「そうめん？」

「鯛のかぶと煮の残った煮汁にね、そうめん入れて煮たの」

「うまそうだな」

「これは煮魚やったあとの料理人の楽しみさ」

ずるずると茶色いそうめんをすすっては一口、すすっては一口、ぞうさんはうまそうに酒を飲んでいた。

「……あれは離婚の相談だよ」

「え」

ぞうさんは沙也加の方に顎をしゃくった。高津が気にしているのをわかっていたのだろう。

「税理士に相談してるのか」

「あの先生、行政書士の免許も持ってるからね」

「なるほど」

「まあ、だまされないように、いろいろ大変だよ」

「若い人だからなあ」

また、ちらりと沙也加を見た。彼女は目のあたりにハンカチを押し当てており、税理士先生は腕組みをしている。

「どうも、やばい方に話が行ってるんじゃないの？　泣いてるぞ、あれ」

「さあねえ」

ぞうさんは首を振った。また、そうめんをすって、酒を飲む。

「まあ、先生に任せるしかないよね。それより、あれだよ。あんた、身体の方はどうなの。大丈夫なの」

「何度も言ったじゃないか」

鯛の身をほじくり返しながら答えた。

「特に何もなかったって」

「だけどさ」

「何」

「ずっと、ろくにご飯を食べてないじゃないか。前みたいに揚げ物も食べないし」

「本当に、ただ、ちょっと胸焼けがするだけなんだ」

「ふーん。この間はなんか……」

ぞうさんはめずらしく、口を濁した。

「この間？」

「ほら、新橋で食事したって言って、うちに来た時」

「ああ、あの時か……」

「なんだか、思い詰めたみたいな顔をしてたから」

それでしかたなく、高津は娘から同居を迫られている、という話をした。彼女の言い分もすべて。

話の途中から、ぞうさんは笑い出した。

「笑うなよ」

「だって」

あんまり彼女がころころ笑うので、高津もつられて笑ってしまった。ふっと昔のぞうさん……まだ少し女の子の匂いが残っていた時の彼女を思い出した。

「いえ、なんだか、あんまりつらそうな顔をしてたから、あたし、てっきり身体でも悪いのかと」

「ひどいよなあ」

「でも、うらやましいって言う人もいるかもしれないよ。子供や孫から一緒に住みたいと言われるなんて」

「まあね」

それは高津も考えたのだ。

こんなふうに同居しようなんて言ってくれる機会は、今を逃したらないかもしれない、と。

しかし、だからこそ、考えれば考えるほど、つらくなってくる。今、決めなければいけないのか。同居したら、もう人生は終いだと自分で自分に引導を渡すようなものだ。

「……昔、楽しかったなあ」

「昔？」

「あんたも俺も若くてさ。前のぞうさんや奥さんも生きていて」

「いつの時代だよ」

「だけど……ここの奥さん、ちょっと色っぽくてさ」

昼間から酒を飲んでいると、つい、そんなことを言ってしまう。

「いつも長い髪をかき上げてて」

「ああ、あれはあの人の癖」

ぞうさんはうっすら笑った。

「癖？」

「あの人が、ちょっと気になる男を見た時の癖だった」

「へ」

そうだったのか。

「浮気したりするわけじゃないけど、ちょっと……浮ついたところがある人だったね」

「へえ」

「男を意識すると髪をかき上げるの。後ろに結うみたいにしてね。懐かしい」

「本当に？」

「うん、時々、この店に来て手伝う時もやってた。ちょっといい男が来るとね」

　高津の目の前に、あの時の好子が鮮やかによみがえる。スーパーで長い髪をかき上げている、その姿が。

「本当に？　本当に、そうだったのか」

「そう、だから、前のぞうさんはあの人を店に立たせたがらなかった。あたしをわざわざ田舎から呼んだのも、そのため」

「……俺、やめるわ」

　高津は残った酒をぐっとあおった。

「何を？」

「同居。娘たちとの」

「なんで」

　まだ、同居するような歳じゃない。

　もうひと花咲かせてみるか。

　目の前でぞうさんが驚いた顔をしている。

　その顔に、高津は不敵に笑ってみせた。

第5話　カレー

みさえは汗びっしょりになりながら、中華鍋で玉ねぎを炒めていた。

これだけは三日に一度はしないといけない儀式だ。

「私、やりますよ」

沙也加が言ってくれても木べらから手を離さなかった。

「最初だけはね、あたしじゃないと」

息が切れた。

「ここが大切なとこなんだ」

「雑」のカレーは特別なことをするわけじゃないけど、玉ねぎだけはちゃんときつね色になるまで炒める。それから、ディナーカレー。業務用のフレーク状のものを業者からまとめ買いして使う。

それだけで結構、評判がいい。

まず、淡路島産玉ねぎを直径三十五センチくらいの中華鍋がいっぱいになるまで、繊維にそって薄切りにする。これもポイントで、繊維を断ち切ってしまうと、玉ねぎがとけすぎてしまう。

カワイコちゃんであるところの沙也加は「『雑』のカレーは淡路島産の玉ねぎ使ってますってもっと言った方がいいですよ！」と何回も言うが、別に気にしていない。

淡路島産を使っているのは、ここの出入り業者のさんちゃんが持ってくるからだ。業務用を箱買いしているので、値段もそう高くない。

さんちゃんは先代のぞうさんの頃から来てくれている男の子（前のぞうさんが生きてた時は二十代だったが、もう四十代後半である）で、明石家さんまに似てるから皆、さんちゃん、と呼ぶ。あだ名に引っ張られたのか、結構、よくしゃべる男だ。

あと、淡路島産玉ねぎは大きいから、切るのに比較的時間がかからず、やりやすい。前に、一度、別の安いのを持ってきてもらったことがあるが（確か北海道産）、小さくて皮を剝くのも切るのもちまちまと手間がかかってしょうがなかった。

だから、別に味とかを気にして使っているわけではないのだ。

とにかく、その中華鍋山盛りの薄切り玉ねぎをまず強火でがんがんと炒める。

本当のことを言うと、一気に炒めるわけではなく、切った端から鍋に放り込んでいく。炒めるというより、玉ねぎの山の上下をひっくり返すという感じの動作をくり返す。そうしているうちにだんだんしんなりしてくる。

「……じゃあ、やってもらおうか」

そこまできて、沙也加と場所を替わった。

「はい、はい」

沙也加は踊るような足取りで厨房に入ってくると、木べらを握った。

冷蔵庫から麦茶を出してきて、ぐっと飲む。そして、彼女の隣に立ち、手元を見つめた。

「横に立ってるなら、私がやる意味ないじゃないですか。座ってくださいよ」

「……そこまで真面目にやらなくていいから」

口を出すのはよそうと思いながら、ついつい言ってしまう。

「でも、焦げますし」

「ちょこちょこかき回してたら、焦げるものも焦げないよ」

さあ、と沙也加から木べらを取り返し、まだ、うっすらとしか茶色くない玉ねぎを中華鍋の鍋肌に押しつけるようにして広げた。

「こうしたら、しばらく、じっとしてていいから」

そして、やっと高めのスツールを持ってきて、二人でコンロの前に座った。沙也加はまだ玉ねぎを見つめている。

「そんなに見てたら、視線で焦げちゃうよ」

「でも、心配で」

これまで、何回か、玉ねぎを炒めるのは任せてきた。それでも、沙也加は真面目すぎるのか、こまめにかき回しすぎて、一時間以上かかってしまう。

「鍋肌に玉ねぎを押しつけておけば、出たエキス……甘みというのかね、それが焦げるから、そこをこそげるようにして炒めるだけで十分。時間をかけなくても、飴色の玉ねぎになるんだから」

「でも、ぞうさん、他の料理は雑なわりに、この玉ねぎだけはていね……いや、ちゃんとやるじゃないですか」

さすがに丁寧とは言いがたいと思ったのか、沙也加は言い直す。

「マスターがさ、前のぞうさんだけど、こういう、うちみたいな店はカレーだけはちゃんとしないとダメだって、口うるさかったからさ」

「うちみたいな店？」

「定食屋は、他は適当でも、カレーがおいしければ客は来てくれるって」

「……まあ、前は、『雑』は料理が適当で雑だと思ってましたけど、最近はそうでもないなあ、って思ってます。ツボは押さえているというか」

ふん、とみさえは鼻を鳴らした。

「お世辞はいいんだよ」

そんなことを言いながらも玉ねぎが飴色になると、それを圧力鍋に入れる。さらに、生の玉ねぎを今度は少し厚めにざくざく刻んで、また鍋に放り込む。豚肉のカレー用の角切りもまた入れて、炒める。それらだけで、だいたい、鍋の半分くらいがいっぱいになる。豚肉がざっと炒まったら、水を八分目まで入れて、ぎっちり蓋をして火にかけた。

「この鍋、かなり、年季が入ってますね」

「もう、二十年くらい使ってるかもねえ……日本の古いメーカーの圧力鍋だよ。昔はここの業務用を使ってたこともあるんだけど、ぞうさんが死んでからはやっぱり、女一人じゃ扱いにくくてね。家庭用の一番大きいやつにした」

「それでも、私から見ると、ずいぶん大きいですけど」

「これ、家庭用でもめちゃくちゃ圧力が強いんだよ。角煮なんか作ってもうまくできるし、鰯やサンマを煮ても骨までほろほろになる。玄米炊いてもうまい。柔らかくて、餅米みたいになるんだよ」

「へえ！　今度、角煮やりましょうよ。昼の定食にしてもいいし、夜のつまみにも出せるし」

「最近、豚のバラ肉も高くなったからねえ。昔は安かったから、よく作ったんだが。手間かけて作ってもあんまり利益が出ないんだ……まあ、一度くらいやってもいいけど。煮汁でおからを炊いてもうまいしね」

「サンマの煮付けも食べたいなあ」

「サンマも最近は高いよ……冷凍ならいいか」

「玄米もいいなあ……メニューに加えてみませんか。ランチで白米と玄米のどちらか選べるとか……」

「いやだね」

それだけはきっぱりとみさえは拒否した。

厨房の掃除をしながらそんなことを話していると、圧力鍋の気圧が上がった。みさえは二十分のタイマーをかける。

「圧力がかかって二十分もすれば、じゅうぶん」

火を止めても、それから鍋の圧力が下がるまでに数十分かかる。二人はランチのあとの片付けをほぼ終えた。

　鍋の蓋が開けられるようになると、みさえはそこに業務用ディナーカレーを振り入れた。業務用はフレーク状になっているので入れやすい。

「こんなもんでいいかな？　ん？　入れすぎたか」

　すでに、玉ねぎの姿はほとんどない。そして、申し訳程度に入れた豚肉も形が崩れるほどほろほろになっている。

「さ、これでよし」

「雑」のカレーにはほぼ、玉ねぎしか入っていない。ジャガイモやにんじんは煮崩れて時間を置くと姿が変わるし、悪くなりやすくなる、と先代から教えられていた。

　このカレールーを注文に応じて小鍋で温め、カツにかけたり、野菜カレーの時は別茹でしたジャガイモやにんじんを加えたりする。そして、朝晩は一回ずつ、必ず、十分ほどかき混ぜながら全体に火を通す。

「ああ、疲れた」

　みさえはどっかりと椅子に座った。

「カレーができると、やれやれだ」

「お疲れ様でした」

「今夜は夜の営業には来ないんだよね？」

「すみません、予定があって」

少し前から休ませて欲しいと頼まれていた。

「じゃあ、失礼します」

そこで沙也加は、エプロンを外して帰って行った。

みさえは夕方までどうしようかな、と思った。自宅で休んでもいいが、少し面倒くさい。カレーを作った日は疲労が残る。

——二階で休むかなあ。

あまり気が進まないが、それが一番楽そうだった。

「どっこらしょ」

声を出しながら、二階に上がる。

そこは昔、先代のぞうさんが住んでいた場所だ。

彼の妻が生きていて、子供がいた頃は近くの貸家に住んでいた。その時は板前兼給仕のまさちゃんが寝起きしていた。彼も自分の店を出すことになっていなくなり、妻が亡くなり、子供が家を出て、晩年、ぞうさんはこの部屋に一人で生きていた。だんだん、足腰が悪くなって、みさえは店をやりながら、彼の面倒を看た。

——あれは介護なんてもんじゃないよ。夜の営業には起きてきて、店の端に座って、店を手伝ってくれる時もあったし。まあ、ほとんどは常連客と話しているだけだったが、あれはあれで助かった。

痛む腰をさすって階段を上りながら思う。

あなたは偉いねえ、自分の親でもないのに、先代を介護して、なんて言ってくれる客がいるとどうも落ち着かなかった。

あの人を介護した、とは思いたくない。あの人は最後までしっかりしてたんだから。心臓が弱くなって病院に入った時に看護はしたけど。

——それだって、病院につれてって、面会時間に会いに行って、必要なものそろえて……そのくらいだもの。

彼はそのまま、病院で亡くなった。長年の立ち仕事で、心臓と内臓がぼろぼろになっていた。

一人息子は東京の世田谷区に家族と住んでいて、ばりばりのサラリーマンだ。ビジネスマンと言うのかもしれない。母親の顔の良さと、父親の気風の良さを兼ね備えた青年で、みさえが、できたらこのまま店をやりたい、と頼んだら、喜んで任せてくれた。みさえが父親の面倒を看てくれたことを感謝し、その代わりと思ってくれているみたいだった。

店は賃貸だったし、受け継ぐのは店の備品くらいのもの、そして、定食屋「雛」の信用とお客……それはみさえには大きな価値があるものだったけれど、今、ビジネスマンになって、自分の子供たちを私立の小学校に通わせている彼には必要のないものだ。

——とはいえ、そういうことだって、けちんぼで譲ってくれない人もたくさんいるからね、ありがたいよ。

「よっこらしょ」

部屋は二間で、八畳間と六畳間、どちらにも先代とその家族の荷物がそのまま置いてあり、空いたところに大型の冷凍庫と冷蔵庫が並んでいる。

その片隅に、みさえは座布団を二つ折りにして頭に当て、横になった。

こうして、ここで休むことは週に一度や二度はあって、自分の布団を運んでもいいし、なんならぞうさんたちが使っていた布団もあるのだが、なぜか使えない。

――ここは自分の部屋じゃない。自分の家でもない。

目を閉じていたら、ゆっくりと睡魔に襲われた。

夢なのか、ただの考え事なのか、よくわからないものを見た。その中の先代は若く、たくましかった。

「みさえは不器用なんだから、人の倍、練習しなきゃいけないんだよ」

彼は厨房の中で何か、中華鍋をかき回していた。カレーのための玉ねぎを炒めているのかな、と思ったら、チャーハンのようだった。

――あの人のチャーハンはうまかったね。中華屋じゃないから、ってあんまり作ってくれなくて、まかないか、深夜の裏メニューだったけど。

「玉ねぎは炒めなくていいんですか」

もうカレーは作ったのに、なぜか、自分はぞうさんにそう訊いている。

「これ、終わってからでいい。みさえは少し休め」

ぞうさんは仕事には厳しかったけど、店で一番働いているのは彼だったから、誰も嫌ったりしなかった。

とんとん。

「なあ、何をぼんやりしてるんだよ」

「え？」

ぞうさんが初めてこちらを向いて、にっと笑った。そんなに笑う人じゃなかったけど、いい笑顔だった。目尻にしわがたくさん寄っていた。

「外に客が来てるじゃないか」

「え」

とんとん。


はっと目覚める。

確かに、下で外の引き戸のガラスをたたいている音がした。とんとん、にどこかしゃんしゃん、が交ざっている音。

「はあい！」

今日は誰か来る日だっけ？　業者のさんちゃんは昨日来た。玉ねぎを持ってきてくれたからカレーを作ったのだ。

とんとん。

音はさらに大きくなる。

「はあい！　はあい！　今行くから」

カワイコちゃんが戻ってきたのかもしれない。何か忘れ物でもしたのかな。

また、ゆっくりと階段を降りる。足下に気をつけながら。

とんとん。

「待ってちょうだいよ、今、開けるから」

引き戸の前には大きな身体がうっすらと見えていて、沙也加でないことはわかる。客の誰かが引き返してきたのか……。

鍵を開けて、引き戸を引いた。

よく日に焼けた、若い男だった。大きなリュックサックを背負っている。

「突然、すみません！　こんにちは！」

驚いた。顔を見ても、誰だかわからない。常連客ではないと思う。

「どなたですか」

「突然、すみません。僕、卵屋の大場(おおば)と申します！」

押し売りだったら、お断りだよ、と普段ならけんもほろろに断るところなのだが……そこに何か見慣れたもの、懐かしいものを見つけたような気がして、みさえは立ちすくんだ。

「雑」の昼の仕事を終えた沙也加が横浜の実家に帰ると、親たちが待っていた。

「沙也加、お帰り」

「久しぶりだなあ」

商社勤務で昔はほとんど家に帰らなかった父だが、昨年、本社から子会社に執行役員として再雇用になった頃から定刻に帰宅できるようになったらしい。

七時に実家に着くと、すでに父は夕飯を食べ始めていた。例によって、酒は食事の時には飲まない。

本当に、父は家でご飯を食べているんだなあ、と不思議な気持ちで眺める。前は休日くらいしか、この時間は家にいなかった。

「……ほんと、まいっちゃうわ。ほとんど毎晩、家でご飯を食べるんだもの」

どこまでが本気かわからないが、最近、母は電話でいつもため息をついていた。

「まあ、いいじゃん、二人で仲良くやりなよ」

まだ、離婚についてのあれこれを話していないことの心苦しさで、早々に電話を切ることが続いていた。

今夜こそは二人にちゃんと話さなければならない……それを思うと、母の料理の前でもあまり笑顔になれなかった。

「なんか手伝おうか」

洗面所で手を洗いながら、キッチンの母に声をかける。鏡の中の自分を見ながら……やっぱり、その顔はさえない。両親がどれだけ驚き、嘆き悲しむかと思うと……自分の目を見ながら、ゆっくりと息を吐いた。

「いいわよ、座ってなさいよ。疲れてるでしょ」

かまわず入っていくと、キッチンに見慣れない大きな赤い物体があった。

「なあに？　これ？」

少し大きな炊飯器のような形だ。家族が二人になってから、小さめの炊飯器に買い換えた、と言っていたのに。

「あ、それ、ホットクックよ。知らない？　いわゆる電気調理器具。楽しいわよ」

「ああ、ホットクックか」

新しい家電だということで、ネットやSNSで見たことがある気がした。

「ほら、お父さんが毎日家でご飯じゃない？　だから、買ってもらったの」

「こういうの、すぐに飽きるんじゃないの？」

専業主婦の母は結構、新しいものに飛びつく。ミキサーやホームベーカリーも確か、家にあったはずだ。

キッチンの前のテーブルに座っている父にも聞こえたようで、ははははという笑い声がした。

「俺も同じこと言ったけど、買わされたんだよ」

そう嫌でもなさそうな声だ。

昭和な夫婦だな、と思う。

父がまあまあな会社で定年まで勤め上げ、母は短大を卒業してからずっと専業主婦、娘を大学に行かせて、横浜に一軒家……人生に問題がなかったせいで、ここには真空パックにぎゅっと詰め込まれてきたような、こぎれいな「家庭」がある。

そして、その真空パックをこれからばりばりと破って開けてしまいそうな、自分。

ごめんね、と胸の中でつぶやく。

「でも、便利なのよ。今のところ、毎日、使ってる」

「買ってどのくらい？」

「三ヶ月くらいかなあ」

じゃあ、そのくらい、実家に来ていなかったのだ。

「ずっとご飯を作るのが面倒だったんだけど、これが来てから、毎日何かに使うために料理してる感じ。だから、楽しいよ」

「三ヶ月じゃ、まだわからないよ」

「まあ、これみてよ」

母はホットクックの蓋を開けた。

そこには白いものがぐつぐつと波を打っていた。

「……これ何？　ああ、玉ねぎか」

一瞬、何かわからなかったけど、匂いでそれとわかった。

「そう！　玉ねぎを適当に切って、入れて、炒め二十分！　水も入れずに、玉ねぎだけでそうなってるの。すごいでしょ」

「ふーん」

「これね、蓋しめたままでしょ。だから、旨味がぐっと引き出されるのね。野菜が持っている、そのものの水分だけでスープになるの」

この人、前にビタクラフトを買った時も、そんなことを言ってなかったか。

あの時はアスパラガスだった。ビタクラフトのフライパンにアスパラをそのまま並べ、上からマヨネーズを細くジグザグにかけて蓋をする。

「ね、水も何も入れなくていいのよ」

母は魔法を使う前の魔女のような顔をしていた。

実際、そのまま火にかけて数分。蓋を開けると、マヨネーズ部分が少し焦げ、いい匂いがするアスパラが現れた。

「ね？　何も入れなくても大丈夫でしょう？　アスパラが本来持っている水分で蒸されて、おいしくできあがるの。栄養も逃げないしね！」

母はどうも、野菜がそのまま持っている水分が大好きらしい。野菜水分信者というか。

確かに、アスパラはおいしかった。だけど、あれなら普通にフライパンに蓋をすれば同じようにできるんじゃないか、と内心思った。

だけど、口には出さなかった。母にはそういうことがとても大切だとわかっていたから。

「……これ、どうするの？」

玉ねぎのスープを見ながら言う。

「まあ、見てなさいって。もう、テーブルに着いてていいから」

母に背中を押されて、父の前に座った。

「……元気か」

父はテレビを観ながら言った。

「うん」

「……健太郎君は？」

「……元気よ」

キッチンにはまだ母がいる。ここで、話をするわけにはいかないだろう。後回しにすることにした。

ご飯、味噌汁、煮込みハンバーグ、サラダ……というメニューに、グラタン皿に入ったもの……。

母が運んできてくれた皿をのぞきこむ。

「これなーに？」

「それ、それがホットクックでさっき作った玉ねぎよ」

「ああ、これが」

スプーンを手渡されたので、まず、そこから口をつけた。玉ねぎの上からピザ用チーズをかけて、オーブンで焼いてある。味があまり想像できない。おそるおそる口に入れる。

「……おいしい」

悔しいけど、確かにおいしい。まあ、あのアスパラだって、おいしかったけど。

「でしょう」

母が誇らしそうに微笑んだ。

玉ねぎが甘くとろける。こんなの、普通に鍋で煮た玉ねぎや炒めた玉ねぎと同じようなものだろう、と思っていたけど、確かにこの強い甘みは今まで食べたことのない味だ。それがチーズの塩気と相まってとてもおいしい。

「沙也加も買ったらいいのに。朝、材料をセットして時間を予約しておけば、帰ってきた時にできあがってるよ。働く主婦や子供のいる人にこそ、必要なものだと思う」

何気ない言葉だけど、ぐさっときた。

「……高いでしょ。買う余裕なんてないよ」

「だって、これから子供ができたりしたら必要になるかもよ。買ってあげようか」

「おいおい、勝手に決めるなよ」

父が苦笑しながら口をはさんだ。

母は、沙也加と父が座ってご飯を食べていても、ずっとキッチンの片付けをしている。たぶん、三人分の料理を作ったために使った調理用具をさっと洗ったあとでなければ、席に着かない。だって、片付いたあとじゃなくちゃ、ほっとできないじゃない、私は台所が片付いてから食べた方がずっとくつろげる……いつもそう言っていた。

……そういう人が、なんて言うんだろう？　娘が離婚すると言ったら。離婚理由は彼が家ではゆっくりできないから外で酒を飲んで帰ってくることだ、と言ったら？

あれ？　こういうふうに改めて考えると、健太郎はあまり違いがないような気がする。うちの父親と。父も現役時代、よく飲んで帰ってきていた……。理由はあの頃はたいして深く考えもしなかったけど……。

「さあ、ママも、ご飯食べちゃお」

母は自分の分の食事を沙也加の隣に並べて座った。

「今日はよかったの？　健太郎さん、仕事なの？　一人でご飯食べてるんじゃないの？」

もう、今しか話せない、この機会を逃さないようにしよう、と思った。

「……実はさ」

「うん」

母はご飯を一口頬張って、そのまま沙也加の顔を見る。何も疑っていない、まっすぐな目で。

「……離婚するんだよね。いや、離婚しようかって言われてる。いや、離婚した方がいいんじゃないかって……」

最後は声が小さくなった。

「誰が」

言葉を発したのは、母ではなく父だった。母の方は呆然として声も出ないみたいだった。

「もちろん、健太郎が」

二人はしばらく黙ってお互いの顔を見たあと、同時に言った。

「……向こうのご両親はなんて言ってるの？」

「……なんで。理由は？」

沙也加は父と母の両方を見たけど、どちらも自分の質問を撤回する気はないようだった。

「……さあ、知らない。健太郎が報告してるんじゃない？　理由は……なんか……最初は健太郎が忙しくてうちでご飯を食べなかったり……して……いろいろあったけど、今はもう、なんか、わからない。とにかく、別れたいって言われてる」

「忙しくてご飯が食べられない？　そりゃ、社会人なら当たり前でしょ、どういうことなの？」

「私に訊かれてもわからないよ！」

両親には甘えもあって、つい、厳しく言葉を返すが、そんなことにひるむ親ではなく、さらに質問をしてきた。それに一つずつ答えるうちに、気がついたら、洗いざらい話していた。

健太郎が帰らなくなったこと、一方的に離婚を言い渡されたこと、彼の知り合いの弁護士だか、なんだか、わからない女に相談しろ、と言われたこと、めちゃくちゃうるさい店で話し合いをしなければならなかったこと、手作りの料理をほとんど食べてもらえなかったこと……。

話しているうちに涙があふれた。嗚咽をし、しゃくり上げながら、全部聞いてもらった。

でも、よかった、と思った。少しだけすっきりしたから……。

しかし、すべてが終わったあと、両親が発したのは思いがけない言葉だった。

「健太郎さんのお父さんとお母さんとも話さないとね」

「え？」

驚いて顔を上げると、母は眉間に、人間ってここまで深いしわが刻めるのか、というほどのしわを刻んで父に言っていた。

「ちゃんと話さないとなあ」

父も腕を組みながら、うなずく。

「……私たち、話してるけどね」

健太郎とは話にならない、とは言ったけど、だからと言って彼と話し合いの時間をとっていないわけではない。

「ちゃんと話し合って、向こう様が何を考えているのか、お聞きしなければ……」

「家と家との話し合いだから……」

もう、沙也加のことはあまり関係ないみたいだった。


次の水曜日、沙也加が朝、「雑」の引き戸をがらりと開けると、ぞうさんが待ちかねていたように、「ちょっと、ちょっと」と言いながら奥から出てきた。

「いったい、なんですか」

こんなにぞうさんが前のめりなこと、今までで一度もない。沙也加の方が驚いて尋ねた。

「やっと来た……これ見てよ」

バッグを置く暇も与えず、透明のファイルを手渡してきた。

「どうしたんです?」

沙也加は、本当は先日、親に離婚を伝えた話をしたいんだけどなあ、と思いながらそれを広げた。

そこにはまず、カラーコピーで「新鮮卵、わくわく、うきうき」と躍るような文字で書いてあって、その下に卵と鶏のイラスト、箸で卵の黄身を持ち上げる写真が貼ってある。そして、「もふもふ卵道場」という文字が大きく書いてあった。全体がピンクと黄色で彩られていて、華やかでかわいらしかったが、どこか幼かった。

ファイルの中には別に、カラーではないプリントも何枚かあるようだった。

「まあ、座って読みなよ」

来るなり書類を押しつけてきたのに、ぞうさんはそう言って、沙也加を入り口近くのテーブルに座らせ、自分もその前に座った。

「はいはい」

沙也加は苦笑しながら従った。

「次のページを読んでみてよ」

言われた通り、それをめくった。

――おたくの卵を、おいしい卵に替えてみませんか？

「もふもふ卵道場」は宮崎県の小さな養鶏場です。家族や友達と、毎日一生懸命、安全でおいしい卵を作っています。

元々は、五十年以上続く養鶏場でしたが、一昨年、経営者が高齢と後継者不足を理由に撤退を決意されましたあと、私たちはそこを引き継ぎ、養鶏を一から学びました。昨年から名前を変え、ニワトリさんたちの餌を植物性のものに替え、ケージも広くして、ストレスの少ない場所にすることによって、卵の味、匂いが一新しました！

まだまだ小さな養鶏場ですが、卵の質、仲間の元気、おいしい卵を作りたいという気持ちはどこにも負けません！

ただ、今は新参者ですので、農協などに持って行っても、一律の値段でしか買い取ってくれません。

私たちは、自分たちの卵を評価してくれる「ふれんず」を探しています。


ふれんず、のところだけがかわいらしい書体に変わっていた。

「ふーん」

沙也加はうなずいた。

「これ、誰が持ってきたんです？　さんちゃんさんですか」

出入りの業者の名前を出した。皆がさんちゃん、と呼んでいる人だけど、沙也加よりずっと年上だから、どうしても「さんちゃん、さん」とさん付けになってしまう。

「違う、違う。とにかく、次も読んで」

「はいはい」

沙也加は次のページに目を落とした。

――最初からすべての卵を「もふもふ卵道場」に替えるのはちょっと負担が大きい、という飲食店の皆様、卵かけご飯をメニューに加えてみませんか。

卵かけご飯メニュー1案。
・ご飯と卵を食べ放題にして、味噌汁と漬物などを付け、五百円程度の値段で出す。
・それ以外に、鶏のから揚げ、チキン南蛮、照り焼きチキン、玉子焼き、たらこなど、鶏肉、卵を使った料理を副菜として八十円から二百円くらいの価格帯で、追加できるようにする（鶏肉も、もふもふ卵道場の近くの養鶏場から仕入れられます。レシピもご指導いたします。応相談）。

卵かけご飯メニュー2案。
・ご飯、味噌汁は数百円にして、卵は食べ放題。ご飯は都度、百円台でお替わり、など。
・追加メニューは同じ。

三枚目はそこまでだった。次はぞうさんに促される前にページをめくった。
四枚目はさらに簡略化されていた。

――おたくの卵をすべて、「もふもふ卵道場」のものに替えませんか？

特別価格で卸します。

――もふもふ卵道場に出資しませんか！　もふもふ卵道場では出資者を募集しています。我々の理念とビジョンに賛同してくださる方、田舎の暮らしに興味がある方、とにかく、卵だーい好きな方、ご連絡、お待ちしています！


読み終わった沙也加は顔を上げた。

「どう思う？」

ぞうさんがすぐに尋ねる。

「これ、どうしたんです？」

沙也加は尋ね返した。

「……先週の土曜日、来たの。あんたが帰ったあとで」

「誰が？」

「それがね……」

まるで、訊いてくれるのを待っていたかのように、ぞうさんは説明し始めた。めずらしく、饒舌だった。

曰く、身長百八十センチくらいの大男が店にやってきた。真っ黒に日に焼けていて、最初はびっくりしたけど、話してみたらちゃんとした人だった、東京の大学を出て実家に戻り、両親や兄弟たちと一緒に養鶏場を始め、去年、やっと家族だけで出荷ができるところまではこぎつけた。でも収入は少なく生活はかつかつで、皆で食べていけるところまでは行っておらず、家族や兄弟の貯金を切り崩しながらの生活だという……。

「あたし、すっかり同情しちゃってさ」

「ぞうさんが？　めずらしい」

「そんなことないよ」

彼女はむっとした。

「店や会社を始める時の苦労はわかってるつもりだよ」

「だって、ぞうさんがここに来た時は、『雑』は人気店だったんじゃないですか？」

「ま、そうだけど」

ぞうさんは口をとがらした。

「いろいろ見聞きしてきたし。飲食店を続ける大変さは知ってるよ」

「まあ、いいですけど、じゃあ、ここの卵に替えるんですか？」

「……だから、それを相談したいと思って」

もふもふ卵道場の卵は一個二十円くらい。時期や相場によっても少し変わるという。現在、さんちゃんから仕入れている卵は十円、季節によっては八円くらいだから、一気に倍以上になる。

「……さすがにちょっと高くありません？」

「だよねえ」

ぞうさんは膝のあたりを手でこするようにしている。迷っている時の癖だ。

「全部を替えるっていうのはねえ」

「玉子焼きとかオムレツだけじゃなくて、フライの衣とか、この店、卵はめちゃくちゃ使いますからね」

「だよね、さんちゃんだって、いきなり替えるなんて言ったらびっくりするし。長い付き合いだからね」

「あの人、悪い人じゃないけど、きっと一言二言、文句言いますよ」

沙也加は彼のよく動く唇を思い出して、首を振った。

「あたし、それも話したんだよ。今、使ってる業者がいるって。そしたら、じゃあ、とりあえず、一回、卵かけご飯の日をやってみないかって言われたの」

「卵かけご飯の日？」

「そう。例えば、次の水曜日のランチとかにね、お試しで、卵かけご飯をやってみないかって。そこに書いてあるみたいに、五百円で卵食べ放題」

「五百円で食べ放題？　ご飯と味噌汁も？」

「いや、それは店によって違っていいって。だから、うちではご飯は……まあ、例えば、二杯まではお替わりありで、三杯目からは百円取るとかね」

「ああ、なるほど」

「他に、から揚げとか、玉子焼きとかね、小鉢を作っておいて、このカウンターの上なんかに並べて、好きなようにとってもらう。帰りにその皿数だけ精算する」

「ふーん」

「そうすると、運んだりするのも、ずいぶん、楽になる」

「確かにそうですね」

自分はいらなくなるのかな、と沙也加はちらりと考えた。

「それでとりあえず、一回目は卵だけはお試しで提供するって言うんだよ」

「お試し？　安くなるんですか？」

「いや、無料で。でね、もし、良ければ、今後は週に一回を卵かけご飯の日にしたらどうか、って」

「これからずっと？」

「うん」

ぞうさんは妙に素直に、こくん、とうなずいた。

「ずっと!?」

「まあ、良ければね」

「もう、契約しちゃったわけじゃないですよね」

「そんなわけないよ。あたしだって、そんな無謀なことはしない。ちゃんとあんたや、他の人に相談するって言っておいた」

「じゃあ、まあ、いいですけど」

「一回くらいどうだろう？　試しにその、卵かけご飯の日をやってみたら……」

ぞうさんは沙也加を上目遣いに見た。

これだ、と気がついた。沙也加がずっと感じている違和感だった。

なんだか妙に、気弱に、こちらを見る、ぞうさん。まるで、こちらが年上か、店の経営者で、許しを得なくてはいけない相手みたいな……。

今までなかった感覚だった。

「で、その人、今、どこにいるんですか？　その故郷？　宮崎に帰ったんですか？」

「いいや、しばらくはこっちにいて、うちと同じようにいくつかのところを回って営業しているらしい。飛び込みでね」

「ふーん」

「だから、決めたらすぐに来てくれるって……ねえ、どう思う？」

「まあ、ぞうさんがやりたいなら、やればいいと思いますけど」

彼女の顔がぱあっと輝く。

やっぱり、そうだ。なぜか、この件では、ぞうさんは、こちらの許しを得たいと思っている。いや、もしかしたら、私でなくてもいいのかもしれない。

誰かの許しを得たがっている。

「そうそう、卵、置いていってくれたんだよ。一つ、食べてみてよ」

「そうなんですか。早く言ってくださいよ」

「じゃあ、今日のランチが終わったら、まかないで食べようね。結構、おいしいんだよ、これが」

そこで一緒に立ち上がって、二人で厨房に入り、いつもの準備を始めた。

それみたことか、というような表情を顔に出さないように、みさえは注意しながらうなずいた。

「だろ」

ランチのあと、みさえが沙也加に卵かけご飯を食べさせると、彼女はそれを口に含んだとたん、あ、と一言うなって飲み込んだ。

「……なるほど。うまいですね」

そういう反応になるのはわかっていた。

自分も初めて食べた時、同じだったから。

それに細心の注意を払っていた。米は最初から少なめに炊き、偶然を装って、ランチの途中で、「ご飯少し足りないかもね……」と独り言を言いながら炊き直した。だから、ほぼ炊きたてのご飯を饗している。

その、ぴかぴかに光ったご飯を茶碗に盛って、味噌汁、卵と一緒に出した。から揚げも付け加えた。

「コクがめっちゃある。生卵って、少し臭い……というか、生臭さみたいなものが時々ありますけど、そういうの、まったくないし、卵嫌いな人でも食べられそう」

沙也加の感想があまりにも自分と同じだったので、みさえは黙ってうなずいてみせた。

「卵の黄身が白っぽいからどうかと思ったんですけど」

「それなんだよ」

思わず、身を乗り出してしまう。

「黄身の色はさ、ニワトリに食べさせる餌やニワトリの種類次第で、ある程度なんとでもなるんだって。決して、人工色素じゃないけど、色の濃いトウモロコシを食べさせたり、紅花やパプリカを混ぜたりすることで変えられるんだってさ。確かに、昔の卵はもっと白かったよ」

「ふーん、そういうもんなんですね、この卵はむしろ、白さを売りにした方がいいみたい」

おかわり、と沙也加はみさえに茶碗を突き出した。いつもなら、自分でやれ、と言うところだが、今日は気にならない。いそいそとご飯をついで、また卵を添えた。

「そう、それ。今ね、もふもふでは飼料に米をかなりの分量使ってるんだって。それで、白いんだね。もっと米を増やせば真っ白なものも可能じゃないかって。地元で余っている米の有効利用にもなるんだってさ」

「へえ」

「粉雪たまご、だとか、雪の卵だとか言って、売り出す計画もあるらしい」

「あ、白雪姫とか、スノーホワイトとか……それは同じことか……白兎とかはどうですか」

「いいね」

自分たちが生産者じゃないのに、勝手に盛り上がってしまう。

「これ使って、プリンとか作ったらどうかなあ。白いんだけど、牛乳プリンとは違う、ちゃんとした濃厚なプリンの味にしたら……」

「それもいいねえ」

みさえは今度、彼に会った時に伝えよう、と途中まで視線を上の方に向けて覚えておこうとしたが、諦めてメモを取った。

「あと、玉子焼きとかオムライス、オムレツにもいいですよね。ちょっと変わったものができそう。まあ、それがこの店に合うかどうかはわかりませんが」

「うん」

確かに、この店では「白いオムレツ」とかを出してもあまり喜ばれそうにない気がする。オムレツは昔ながらの、甘くてしょっぱくて……そして黄色いのが人気だ。

「ご飯にかけるのもどうかなあ。ある程度、黄色い方がおいしそうに見えるんじゃないですか」

それはみさえも少し気になったところだった。

「人によったら、白いだけでおいしいと感じない人もいるかも。黄色い卵に慣れてますからね」

「まあ、それもね、小さなところだから、頼めば黄身の濃いのも作れなくはないって言うの。だから、白と黄色と混ぜて、好きなように選べるようにしたら、って」

「……何から何まで、至れり尽くせりですね」

ふっと、沙也加の口調に、どこか、からかうような……戸惑うような、いつもとはちがうものが含まれているのを感じた。でも、それには気がつかないふりをして、みさえは続けた。

「じゃあ、賛成だね？　沙也加は、卵かけご飯の日を週一でやること」

「んー。どうでしょう」

「え？」

「正直、週に一度も卵かけご飯の日じゃ、きっと皆、飽きますよ。ランチはこのあたりの人たちだけだもの。値段が安いのはいいけど……皆、一回来て終わりですよ」

「そんなこと……」

ないよ、と言おうとして、強く言い切れない自分がいた。

「やって、二週にいっぺんか……いや、一ヶ月に一回じゃないですか」

「そうかなあ。でも、その養鶏場がやってる地元の卵かけご飯の店は大盛況だってよ。県外からも人が来るって」

「それは観光客が来るような場所だからでしょ。ここことは違う」

「……そうかなあ」

みさえは自然に、下を見ていた。

「まあ、一度やってみましょう」

沙也加が元気づけるように言った。

「やってみて、常連さんや、近所の人にも聞いてみましょ。そしたら、いろいろわかることもあるだろうし」

みさえはほっとした。

あの若者をがっかりさせたくなかった。

何かを思い出させる、あの若者に……。

「あのお……」

沙也加が、遠慮がちに話しかけてきて、みさえは自分がぼんやりしていたことを知る。

「何?」

「実は、先週の土曜日、両親に話してきたんです、離婚のこと……」

「あ、そうなんだ」

「今週は母の習い事とボランティアで、その日しか時間がなくて」

「別にかまわないよ」

「昔は父が忙しかったのに、今は母の方が忙しいんです」

最初の頃、親にはまだ言ってない、と聞いたきり、そちら方面のことは何も聞いていなかった。

沙也加は卵かけご飯の茶碗をテーブルに置き、から揚げを一口かじって、ため息をついた。

「……そうしたら、変な方に話が行ってしまって」

「変な方?」

「両親が、向こうの両親と話をつける、と」

「向こうって、旦那のこと?」

沙也加はうなずいた。また、から揚げをかじる。

「全員で話すってこと?　当事者……両方の両親とあんたと旦那と」

ずいぶん、過保護な親だなと思いながら、さすがにそれは言わずに尋ねた。

「違います、親同士で、です。うちの親と向こうの親だけ」

「へ？　何、話すのさ」

「だから、私たちの離婚について」

「あんたたちがいないところで？」

「はい」

「なんで？」

我ながら質問ばかりしてるなあと思ったのだが、わからないことが多すぎてどうしてもそうなってしまう。

「あんたたちだけじゃ、ちゃんと話もできないでしょ、勝手に決めたらダメだとか……とにかく、親がちゃんと話をしないと、って」

なんで？　ともう一度訊きそうになって、言葉を飲み込む。

子供なのだ。この子たちの親にとって、いや、沙也加の親だけかもしれないが、この子はまだ自分の家の子供のままなのだ。三十過ぎて別所帯を持っても。

「私もその日はそのまま帰ってきたんですけど、昨日には親が……まあ、母親ですけど、すぐに向こうに電話したみたいで、義父母たちもびっくりして……聞いてなかったみたいなんです、離婚のこと」

「まあ、男の子だからね」

「ええ。離婚したらさらっと言おうと思ってたのかな。隠していたわけではないと思うんですが」

めずらしく、沙也加が旦那のことをかばって、首をかしげた。

「まあ、私自身も親に話してなかったくらいだから、気持ちもわかるような気がするんですが、とにかく、向こうも驚いて、彼の親、東北なんですけど、来週にも都合をつけて、こっちに来るらしい」

「で、皆で話し合うんだよね？」

「いえ、だから、まずは親同士で話すらしい」

「そんな、子供じゃないんだから」

思わず、否定的な言葉が口から漏れた。

すると、それを待っていたかのように、今度は沙也加が身を乗り出した。

「ですよね。子供扱いされてますよね？」

「い、いや、まあ……そうかもしれないけど、どうとも言えない」

みさえは思わず、口ごもった。正直、夫婦の間のことはもちろんのこと、人の親子関係に口をはさみたくなかった。

微妙な問題で、うらまれることもある。

「確かに、前から、そういう節はあったんです。結婚式とかも、本当は私たち、あまりやる気もなくて、家族で食事会をするつもりだったんだけど、結局、親たちがもう少しなんとかしたら、とか言って、友達と親戚を集めた会になった」

「ふーん」

「特にうちの母がその傾向が強くて、プロポーズされたって話を伝えた時にも、『あちらのお義母さんたちと合わなかったらどうしよう』とかやたらと気にしてて、できるだけ早く家族の食事会をしてくれ、とかうるさかったんですよね。結婚してからは別に普通以上に付き合うわけでもないんですが、電話くらいはしているみたいで」

「そういうもんなんだね」

独身のみさえにはよくわからなかったが、確かに、血縁関係や親戚関係を大切に思っている人はそうなるのかもしれない。

「……でも、なんか、私にはそれが、や、で」

沙也加が小声で言った。

「ん?」

「ちょっと、今回はそれが嫌なんです。こんなこと、初めてです。確かに、母は普通に優しいし、そんなに悪い人じゃないんだけど、なんでも、私のことを先回りしてやってくれて、今回もたぶん、悪気はなくて、私に不利になったりしないように気を配っているんだろうけど……ちらっと、離婚というのは女の方が不利だからとか、戸籍に傷がついた、とか言ってたから、もしかしたら、向こうに文句を言おうと思っているのかもしれない。あと、私たちの離婚の理由がはっきりしない、とかも言ってた」

「それは、あんたも、そう言ってたじゃないか。旦那の理由がはっきりしないし、本当のところ、別の何かがあるんじゃないかって」

「そうですけど、私が思うのと、親がしゃしゃり出てくるのは違いますよ」

そうだね、と本当は同意したいところだけど、ただ、軽くうなずくにとどめた。

「……親の様子を見ていたら、ちょっと考えが変わってきたかも」

沙也加はまた、小さい声で付け加えた。

「そうなんだ」

「やっと、ちょっと、なんかが見えてきたような気がします」

「なるほど」

沙也加は、茶碗に残っていた卵かけご飯をかき込むようにして食べた。そして、お茶を飲んで、にこりと笑った。

「これ、本当においしい」

「そうだろう?」

彼女にそう言ってもらえると、みさえも嬉しくなる。

「ただ、ちょっと気になります」

「何が?」

沙也加は一つ、息を吐いた。何かの決心をつけるように。

「……ぞうさん、この卵の件にはやたら前のめりじゃないですか」

「え、そう?」

「そうですよ。なんか、妙に、急に話が進んでて……卵のこと自体より、そのことが逆に心配かな」

みさえは黙って、水道の蛇口をひねった。ざっと水が出てきて、重なった食器に当たり、自分に少しかかったけど、あまり気にせず、そのまま洗い出した。

「食器、私が洗いますよ。これと一緒に」

沙也加が自分の茶碗を指さして言ったけど、そのまま無視をした。

「……なんかごめんなさい」

沙也加が卵かけご飯の茶碗などをトレーにのせて、厨房に入り、謝った。

「私、変なこと言っちゃいましたか?」

「いや」

みさえは洗い物をしながら首を振った。

「本当に?」

「違うけどさ……ちょっとね」

「ちょっと、なんですか」

「いつまで、できるのかなってずっと思ってたから」

「何が?」

「カレーとか、揚げ物とか……そういうのの仕込みとか。ずっと、いつまでできるのかなって思ってた。だから、卵屋が来た時、ほっとしたんだ、渡りに船かもしれないって」

「そうなんですか⁉」

「やっぱり、食堂の仕事は重労働だよ。来てくれる人がいるのはありがたいけど……最近、疲れがなかなか取れないことがあって」

「そうなんですか」

「だから、考えてたんだ、先のこと。卵かけご飯の店なら、少しは楽にできるかな、と思って」

沙也加がみさえから、洗い物用のスポンジを優しく奪った。

「私やりますから」

「うん」

みさえは横にずれた。

「わかりました」

「何が？」

「なんか、変なこと言っちゃってすみません。卵かけご飯の日、いいじゃないですか、とにかく、一度やってみましょ」

「ありがとう」

みさえは思っていた以上に、自分がほっとしていることに気がついた。

結局、「卵かけご飯の日」は次の水曜日になった。数日前から、沙也加は小さなポスターも作って外に貼り、ちゃんと宣伝した。さらに、そのポスターを小さめに白黒で印刷したものを、「もふもふ卵道場」の大場が近くのコンビニで数十枚、コピーしてきてくれた。客に配る用だ。

「へえ、卵かけご飯ね……」

高津さんは沙也加の渡したチラシを老眼鏡をかけてしげしげと見た。

「本当に卵だけかい」

ちょっと肩をすくめた。

「から揚げと辛子明太子も選べます。別料金ですけど……八十円です」

「ふーん」

から揚げや明太子は百円にしたかったのだが、大場が絶対に八十円がいいと主張したのだった。百円と八十円では客の食いつきがぜんぜん違うらしい。

ぞうさんと話したあと、大場に電話をすると彼は飛ぶようにやってきた。そして、すぐに商談が始まった。

大場は、沙也加が想像していたより普通の人だった。

ぞうさんがやたら気に入っているのを見て、優しくてもの腰が柔らかく、セールストークがうまいやつなんだろうなと用心していたら、むしろ、そっけないくらいに冷静な、静かな男だった。

ただ、面倒見はいいようで、週末には地元に帰る予定だったのを延期し、「雑」の「卵かけご飯の日」を手伝ってくれることになった。それから、毎日、一度は「雑」に来て、ぞうさんや沙也加の不安を取り除くために相談に乗ってくれた。

言葉ではなく、行動で示すタイプだった。ぞうさんが気に入ったのもわかるような気がした。

卵は火曜日中には宅配便を使って、届くことになっていた。

水曜日の朝はすぐにやってきて、沙也加はいつもより少し早めに「雑」に着いたけど、大場はすでに来ていて、厨房の中でぞうさんと話していた。

「おはようっす！」

大きな声で挨拶して、身体を二つに折るようにして頭を下げた。

「……おはようございます」

沙也加は二人の視線を避けるように奥に入り、エプロンをつけて店に出た。

せっかく、早く起きたのに、彼がいるせいもあって、準備に時間はほとんどかからなかった。

米をいつもより多めに炊き、味噌汁を作り、から揚げの用意をしたが、それはほぼぞうさんの仕事だった。沙也加は大場と一緒に明太子を一口大に切って小鉢に入れたものをカウンターの上に並べた。本当はから揚げも大場は並べたがったが、ぞうさんに拒否されて、揚げたてを出すことになっていた。

卵を入れる容器は、本来はカゴなどを使うらしいが、今回は「雑」のどんぶりをその代わりにした。注文が来たら、トレーにご飯、味噌汁、卵、香の物を置いて運ぶだけだった。

これは確かに、支度が楽だなあと考えながら、開店を待った。

十一時半の開店と同時に高津が来て、カウンターに座った。

「あれ、来ないいんじゃなかったんですか」

沙也加が尋ねると、高津は恥じらうように笑った。卵かけご飯なら家で食べられるからなあ、と言っていたのだった。

「……まあ、ものは試しだ」

でも、結局、一つしか卵は食べなかった。コレステロールを気にしているみたいだった。

客入りは普通だった。どちらかと言うと、若い人が多かった。皆、口々に卵の味を褒め、五百円という安さを喜んでいた。ものめずらしさと値段に魅かれているように見えた。一度はやってみましょう、と言ったけど、やっぱり、もう何回かやってみないと、客がどのくらい入るかはわからない、と沙也加は内心思った。

十二時半くらいに一人の客が入ってきた。スーツにビジネス用のバッグを持った、どこから見てもサラリーマンという風貌だった。

沙也加はすぐに気がついて、近づいた。

「はい、これ」

エプロンのポケットから、すでに用意していた薄い四つ折りの紙を渡した。

「あ」

「うん」

「じゃあ」

彼は何も注文せず、テーブルに着くこともなく、店を出て行った。

「ん？　今のお客さんは？」

大場が沙也加の後ろから尋ねた。

「間違えましたって」

「え」

「いろいろ間違えちゃったんだって」

そう言って、沙也加はトイレのふりをして、奥に入った。

男は健太郎だった。

あのあと、彼に連絡をして、沙也加は離婚を決めた。

どうせ離婚をするなら、親も誰も入ってこないところで、自分で決めたかった。

沙也加の急な変心に驚いたようだった健太郎も、話を聞くとどこか納得したみたいだった。

「……悪いな」

最後には謝ってさえいた。

まあ、思いがけず問題が決着して、安心したのかもしれなかったけど。

沙也加はトイレで少しだけ泣くと、店に出た。

「……何してんだよ、から揚げ、できてんだよ」

ぞうさんが、ぶっきらぼうに言った。

「すみません！」

いつもと同じように声をかけられて助かった。おかげで涙が引っ込んだ。

一時になって、ランチタイムの混雑は終わりに差し掛かっていた。沙也加はふと振り返って、さっき健太郎が出て行った方を見る。そこにはもう誰もいないはずなのに、残像のように彼の後ろ姿が思い出された。沙也加はやっぱり、それを見つめずにはいられなかった。

第6話　握り飯

「年末年始はどうするの？」

クリスマスが終わった頃、そう常連客に訊かれて、「ああ、実家に帰り……いや、帰らないかな？　どうかな？　今、迷ってるんですよ……」と首をひねっていたら「誰があんたの年末年始なんて知りたいかね。この店の営業を訊いているんだよ！」と厨房の中のぞうさんに怒鳴られた。

「まあ、沙也加ちゃんの予定を訊いてもいいけどさ」

近くの工務店に勤める、四十くらいの佐川は青い作業着姿で微笑んだ。

「あ、すみません！　大晦日とお正月は休みで、四日から営業です」

自分の勘違いに、苦笑しながら答えた。

「そうか……じゃあ、俺も三日まで休むかな。ここが開いてないいんじゃ、飯食うところがないもんなあ」

「勝手に決められるのかね」

ぞうさんは中華鍋をかき回しながら尋ねる。今日の肉定食は酢鶏だ。酢豚の鶏肉版で、パイナップル入り、ケチャップ色の酸味が強くないタレがまぶしてある。ランチには月一くらいしか出ないが、一部から熱狂的な人気があるメニューだった。もちろん甘酢ダレはすき焼きのタレを使って作る。

「まあ、最近はうちの工務店に来た仕事を歩合で受けてるだけだからさ。ほとんど、個人事業主みたいなもんなの。期日までにできれば文句は言われないよ」

たぶん、佐川さんは腕がいいんだろうなあ、と思いながら、沙也加は水をつぎ足してやった。

「じゃあ、もう、独り立ちしたらいいじゃないか」

隣から高津が声をかけた。

「面倒くさくて。自分で仕事を受けるのもあれだし、税金とかさ、数字とか帳簿とか、俺、苦手なのよ」

ものの数分で食べ終えた佐川は「じゃあ、また年明けにね」と言って、出て行った。

「……あんなこと言ってるけど、佐川ちゃんは工務店のおやっさんにまだ義理を立てて、やめないんだよ。あそこの稼ぎ頭だからさ」

高津は訳知り顔にうなずいた。

「そうなのかい」

「知ってる？　佐川ちゃん、大学出なんだよ。だけど、新卒の時に就職難で、どこもダメでさ。派遣を転々としてたけどリーマンショックで派遣切りにあって、無職になったところをおやっさんに拾われたから、恩があるんだよ」

「あんた、よく知ってるねえ」

ぞうさんがあきれたふうに言うのを気にもせず、高津は言葉を続けた。

「おやっさんとも時々、駅の向こうの居酒屋で会うからね。でも十年ちょっとでいっぱしの職人になったんだから、もともと筋が良かったんだろうねえ」

　すると、高津は沙也加の方に身体を向けた。

「なあ、佐川ちゃんなんてどう？　あれ、なかなか腕のいい職人で、結構稼ぐらしいよ。優しいし、義理堅くていい男だよ」

「何言ってんだよ。そういう色恋や縁談をこの店に持ち込むなら出禁にするよ」

　沙也加が口を開く前に、ぞうさんが言った。

　そうかなあ、いいと思うんだけどなあ、と首をひねりながら、高津は席を立った。

「今時、年収一千万以上で優しくて独身の男なんてそうそううろうろしてないのに」

「……そういや、あんたはどうするの？　年末年始は」

　おつりのやりとりをしながら、ぞうさんが尋ねた。

「娘のところにでも行くのかい？」

「いや……今年はね」

　そういえば、娘さん家族との同居話を断ったんだったな、と沙也加は思い出した。

「あれから、まだむくれてんのさ、理子」

「そうか」

「光輝さん……娘の婿だが……の方が気を遣ってくれて、時々、電話で孫の声を聞かせてくれるんだけど、理子はぜんぜん連絡してこない」

　しかし、高津の顔は明るかった。気にしていないようだった。

「まあ、スーパーで簡単なおせちでも買って、適当に飲んで過ごすさ」

「ふーん。大丈夫かい」

「あれ？　心配してくれてるの？」

「そうじゃないけど、うちが休みの四日間、何食って生きてるのかと思って」

「ファミレスが元日以外は開いてるし、コンビニだって。それに、ふふふ……」

高津は手を口に当てて、ちょっと恥じらった。

「この間、アプリで出会った人と初詣に行くことになってるんだよ」

「なあんだ、心配して損した」

ぞうさんは心底、あきれたという顔で言った。

「いいですね。どこの神社に行くんですか？　ここの八幡様ですか？」

沙也加は取りなすつもりで、口をはさんだ。

「ここらのしけた神様なんか行くもんか。明治神宮にでも行こうかと思って」

「そんなこと言うと、バチが当たるよ」

まだ、ぞうさんは苦虫を嚙みつぶしたような顔をしている。

「明治神宮いいじゃないですか」

「そうだろう？」

「あそこ、正月はめちゃくちゃ混むし、長く並ぶから、年寄りは気をつけないと」

ぞうさんがさらに口を出す。

「二人で並べば、どこだって楽しみさ」

「なんだか最近、変な風邪が流行ってるとか言うじゃないか。そっちも気をつけなよ」

「じゃあね、年内にもう一度くらいは来るよ」

「大晦日にも顔出しなよ。渡すもんがあるから」

「ああ、ああ」

ぞうさんの言葉にはちゃんと返事もせず、高津は踊るような足取りで出て行った。

「……高津さん、お盛んですねえ」

沙也加はその後ろ姿を見ながらつぶやいた。

「自分の頭の中が桃色だから、すぐに人のこともくっつけようとするんだろうね」

「まあ、いいですよ。別に気にしてないから」

「本当に年末どうするの？」

めずらしく、ぞうさんが沙也加に尋ねた。

「ここのマンションにいることにします。実家には帰れないし」

離婚から、両親とは気まずい日々が続いていた。

「そう」

「一人のお正月なんて、初めてです」

「暇なら、あんたも大晦日に顔出しな。ちょっと渡すものがあるから」

「え、まじ？　なんですか⁉」

「たいしたもんじゃない。忙しかったら別にいいし」

「あ。もしかして、大掃除するとか？」

そういえば、ずっと店を開けているから、年末の掃除をしていないのを思い出した。

「違う、違う。渡すものがある、って言っただろ。掃除なんて頼むかい」

ぞうさんはいつものように、面倒くさそうに手を振った。

「私、手伝いますけど……行くとこないし」

「いや、絶対違うから、気にしないで」

「わかりました。本当にいいんですね？」

ぞうさんは不機嫌そうにうなずいた。


十二月三十日は友人の田端亜弥の家に呼ばれて行った。

暮れも押し詰まって家に行くなんて、と遠慮したのだが、亜弥の親が送ってきた牛肉があるので、鍋にしようと誘ってくれたのだ。

離婚については事実関係だけ連絡してあった。けれど、そのことには何も触れず、ただ「肉、食べない？」と言ってくれたのが、一番の慰めだった。

手ぶらできてね、と言われていたけど、そういうわけにもいかず、田端家に向かう途中駅の構内でわらび餅を買って手土産にした。

亜弥は夫の会社から近い、五反田（ごたんだ）駅の近くのマンションに住んでいた。便利な場所だが「古いから結構安いんだよ」と前に話してくれていた。

「いらっしゃーい」

ドアを開けると、部屋の中はすでにほんのり……いい匂いがし、亜弥が笑顔で迎えた。

「年末に、ごめんね」

「とんでもない。うちが誘ったんだし」

わらび餅を手渡すと、「だから、お土産なんていいのに！」と少しキレ気味に受け取って、でも「ありがとう、これ好きだよ」と言ってくれた。

廊下を通ってダイニングキッチンに入ると、夫の武氏が食卓の上の鍋をのぞき込んでいた。

「今日はすみません、お休み中なのに」

「いえ、いいんですよ。明日から僕の実家に行くことになってるから、お肉を急いで食べなくちゃならなくて。こちらこそ、助かります」

「今年は武さんのご実家の方なんですか？」

しらばっくれて聞き返したが、実際にはすでに亜弥から聞いていた。彼女たちは毎年、交互にお互いの実家に行くことにしていた。しかし、今年から、武の母、つまり亜弥の義母が「男親の実家に来るのが筋だ、当たり前だ」と言い出して、一問着あったらしい。

亜弥の実家が肉を送ってきたのも、そのあたりのことがあるのかもしれない。

しかし、それには触れないのが正解だろう。

「……お肉どうするんですか？　すき焼き……？」

Ａ５ランクの薄切り肉だそうだ。

「ううん、しゃぶしゃぶよ。沙也加、すき焼きみたいな、味の濃いもの、嫌いでしょ」

亜弥がきれいに切り分けた野菜や豆腐が並んだ皿を運びながら、不思議そうに言った。

あ、と小さく声が出そうになった。

そうだった、亜弥と前に会った時、豚バラ肉と大根の食べ方を話した。自分は薄味のスープ煮を提案し、亜弥は甘辛く煮付けたものをスマートフォンで検索したんだっけ……？　結局、どちらにしたのか、忘れてしまったけど。

確かに、昔はすき焼きはあまり好んで食べなかった。あれは十ヶ月くらい前だったけど自分はいろいろ変わってしまった。

「ビール買ってあるけど、どうする？　沙也加は、食事中はあまり飲まないよね？」

何から何まで、自分の好みを知っている親友の言葉に、沙也加は一人笑いをした。

「ううん。ビールいただくわ」

「いいの？　じゃあ、じゃんじゃん、飲んじゃおう」

「赤ワインもありますよ、よかったら」

武氏が嬉しそうに言った。彼も結構、酒を飲む人なのだ。

「いいですね」

亜弥は実家から送ってきた牛肉だけじゃなくて、豚のしゃぶしゃぶ用肩ロース肉も用意していた。

「まずは先に豚肉を食べよう。それから、牛ね」

そんなことも気兼ねなく言い合える仲がありがたかった。

「豚の方が好きよ」

お世辞でなく、沙也加も応えた。

肉も野菜もたっぷり食べたあと、煮汁をおじやにして、ワインも三人で一瓶あけた。満腹の武氏はダイニングのソファで寝てしまった。

「ごめんねえ。すっかり気を許しちゃって」

亜弥は彼に薄い毛布を掛けながら言った。昔から、彼はそういう気の置けない人だった。初めてこの家に来た時、いきなり目の前で居眠りされて実はびっくりしたのだが、今は素敵だと思う。

自分はやっぱり変わったんだな、と実感した。

「……でもよかった、沙也加、元気そうで」

亜弥は緑茶を淹れてくれた。それを飲みながら手土産のわらび餅を食べた。

「まあ、なんとかやってる」

声が自然、ささやくようになってしまった。

「お正月はどうするの？」

皆がそれを訊くなあと思いながら答えた。

「んー。実家には帰らないから、自分の部屋で過ごすかな」

「沙也加のお父さんとお母さん、まだ怒ってるんだ？」

「怒ってるというか、がっかりしてるという感じかなあ。行ったら、絶対愚痴られるし、最終的にはほぼ何も相談せずに離婚届にサインしちゃったから……ああ、やっぱり怒ってるのかな」

「うちに来てもらってもいいんだけど……明日から武くんの実家に行くから……ごめんね」

「もちろんだよ！　そんなの気にしないで。大丈夫、大丈夫」

沙也加は大きく手を振った。そして、その自分の仕草が「ぞうさんそっくりだな」と我ながら思っておかしくなった。

独り者の女は年末年始、妙な気遣いが必要になるのだ。

「こんなふうに大晦日も元日も完全に休みなの、本当に久しぶりだから、義理のお父さんもお母さんも喜んじゃってね」

「あ、武さん？」

武氏は旅行会社に勤めていて、これまでは毎年、どこかしら出勤日が重なり、時期を替えて休まなくてはならなかった。

「やっと本社の事務職に移ったから、年末年始、休めるようになったのよ」

「よかったね」

亜弥はちらりとソファの武を見た。その視線にはまぎれもない、優しい愛情が含まれているように見えた。

「そういえば、中国で変な風邪が流行ってるって噂あるでしょ。あれは大丈夫なの？　旅行業とかには関係するでしょ」

「うーん。今のところ、限定的みたい。神経質なお客さんは中国旅行をキャンセルした人もいるみたいだけど、あんまり聞かないね」

「それじゃよかった」

「前に、鳥インフルエンザ？　あれがタイとかで流行った時も半年くらい大騒ぎしただけだったんだって。タイ旅行だけはしばらくダメだったけど、それ以外は影響なかったらしい。流行ってもあんな感じだろうって、武くんの会社の人も言ってるみたい」

「まあ、そうだろうね」

亜弥は小さく目を伏せた。

「沙也加、本当に元気なの？　大丈夫？」

「もちろん」

大きくうなずいてみせた。

「結局、離婚も自分で決めたようなものだし」

「だけど、向こうから言われたんでしょ」

「うん。だけど最後はね……」

健太郎に自分から離婚届を渡したいきさつを話した。

「そうだったんだ、沙也加、強いよね」

「そう？」

「だって、その間、ほとんど、私たちに相談なかったじゃん。前だったら、絶対、皆を集めていろいろ話してくれたはずなのに」

亜弥が言う「私たち」というのはたぶん、亜弥たち夫婦のことではなく、亜弥を始めとした昔からの女友達ということだろう。

「確かに、そうだったね」

深い意味はない。ただ、最初、亜弥に話そうと思って呼び出したけど、あまりうまく話せなくて、そのまま離婚まで突っ走ってしまった。

「なんで話してくれなかったの？　話しにくいことでもあったの？」

「そういうわけじゃないけど」

収入を増やそうと毎日が忙しくて、ぞうさんとか店の常連の人たちとか、税理士さんとかに話しているうちに離婚してしまった。

気がつくと思わず、苦笑していた。

「何？」

「いや。ほとんど毎日、アルバイト先の人たちと話したりしてたら、あっという間にそういうことになった、って感じかなあ」

「そう？　もしかして、前に私と会ったことあったじゃん、休日に……」

「あ、ああ」

「あの時、せっかく誘ってくれたのに、私ばっかり話して……ごめんね」

亜弥も気がついていたのだ。

「あ、あの時はまだ」

「まだ、離婚までの話じゃなかったの？」

本当はそうだったけど、でも、まだ話せる勇気がなかった。

「まあね」

ごまかして微笑んだ。

「じゃ、本当にスピード離婚なんだ。あ、結婚してすぐ離婚ていう意味じゃなくて、離婚の話が出てから正式離婚まではすぐ、っていう意味ね」

なるほど、そうだったんだねえ、と亜弥は安心したようにうなずいている。


沙也加と亜弥が話しているその頃、店を閉めたみさえは厨房の中で水を飲み、「はあっ」と息を吐いた。

これから毎年恒例の「おせち作り」をしなければならない。

とはいえ、デパートや料亭で出すような、何段も重なったり、華々しく豪華なものではない。年末、店に残った野菜や材料を使って「煮物」と「伊達巻き」を中心に何種類か作り、使い捨ての経木の弁当箱に詰めて常連たちに渡すのだ。

まず、残った食材を調理台にのせる。鶏もも肉と豚肉の塊、卵、ジャガイモ、里芋、にんじん、ごぼう、大根などがあった。

鶏もも肉とジャガイモ、里芋、にんじん、ごぼうなどは煮〆にしようと大きさをそろえて切り、ざっとごま油で炒めて、めんつゆで煮た。

——出汁がめんつゆだけじゃ、カワイコちゃんには怒られるかもしれないけど、今日はこれでいい。これはサービスだし、負担になったら長く続けられないんだから。

大根と一部のにんじんは千切りして塩でもんだ。これはあとで甘酢を加えてなますにする。

卵ははんぺんと一緒にミキサーに入れ、砂糖やみりんを加えて、伊達巻きを作る。店で一番大きい玉子焼き器を出し、二回に分けて焼く。そして、温かいうちに巻き簀で巻いて、形を整えた。本当は伊達巻き用の巻き簀があるのだけど、店には海苔巻き用しかないからこれまた、妥協する。

——味は一緒だから。いいよね。

卵を宮崎の「もふもふ卵道場」から仕入れる話はまだ決まっていない。みさえとしては春くらいから本格的に月一回からやってみようと考え、大場とそう話している。そういうわけで、今使っているのは前と同じ、さんちゃんから仕入れた卵だ。

豚肉の塊にはたこ糸を巻き、四十分ほど茹でたあと、醤油と酒の混合液に漬けた。これは煮豚になり、薄切りにして弁当箱の片隅に入れると喜ばれる。

「さてと」

あらかた残り物が片付くと、小さな声を出して段ボール箱を台の上にのせた。

残り物で作っただけだよ、といつも常連たちには言うのだけど、本当は一つだけ買い足して、特別に作るものがある。

段ボール箱を開けると、濃い紫色の、いい金時芋が顔をのぞかせた。皮につやがある。ほれぼれと手に取った。これなら色も味もいいものが作れるに違いない。

わざわざ買い足しても作るのは「きんとん」だった。質のいい徳島県の金時芋と栗の甘露煮を用意した。

――サツマイモも栗も普段はほとんど店で使わないからね。だけど、これがないとお正月とは言えないもの。何より、あたしが好きだからさ。

大量の金時芋の皮を剝いて小さく切り、何度も水洗いしてデンプンを流す。これをしないと色がきれいに出ない。逆にこれさえすればクチナシの実なんて入れなくても大丈夫だ。

下処理ができた芋を圧力鍋に入れてごくごく柔らかく茹であげたら、湯を捨ててつぶし始める。昔は丁寧に裏ごししたりしたけど、今はそこまではしない。鍋の中でつぶして栗の甘露煮の蜜をまず入れて、練り上げる。さらに湯に同量の砂糖を溶かしたものを少しずつ足した。

おせち料理を常連たちに配ることは、先代の時代はしなかったことだ。昔は年末は大晦日まで店を開け、新年は二日からやっていたこともあった。ただ、余った食材なんかで、家で食べるおせちを作っているのを見ていたから、みさえも作り方は知っていた。

――こんなことをしていると知られたら、怒られそうだねえ。

きんとんを練りながら、思わず笑みがこぼれた。

――ただで、プロの仕事を提供するなって……でも、時代が変わったしね。許して欲しいよ。

きんとんが透明に光り出したら、栗を加えて冷ました。

そこまで終わってやっと椅子に座った。店内に置いてある冷蔵庫からビールを出して、一杯飲むことにした。

店ではあまり酒を飲まないようにしているけど、今日みたいな日はいいじゃないか、と思った。考えてみたら、今日が仕事納めなのだ。

瓶ビールを出し、店内用の小さいグラスに注いだ。とくとくといい音がした。おいしそうな色で泡とビールの割合もきれいにできた。

——あら。あの人に見せてあげたいねえ。きっと褒めてくれる。

先代のことを思い出したからだろうか、自然とグラスをちょっと持ち上げ、軽く頭を下げていた。

「乾杯。今年も、無事、終わりましたよ」

ビールをぐっとあおった。

みさえは本当に不器用だから。

いったい、その言葉を生前、何度言われたかしれない。

死ぬ前の最期の言葉もそれだった。

「みさえは本当に不器用だから」

病院に面会に行った時のことだ。自身はもう、何年も前からゆっくりしか歩けないし、料理も作れていなかった。だけど、最後まで心配してくれていた。

「なんとかやってますよ」

あの日はめずらしく、言い返したんだっけ。

別にその言葉が嫌で言い返したんじゃない。そう言わないと、いつまでも先代が心配し続ける。それが申し訳なかったからだ。

「そうか。なら、もう大丈夫だな」

でも、先代もただただ心配していただけじゃない。みさえのために少しずつ店を変えてくれていた。

昔、定食屋「雑色」だった時は定食屋というよりちょっとした和食屋というか、居酒屋というか……先代と板前がいて、夜はつきだしに地酒が出ることもあった料理屋だったのだ。それをみさえ一人の手でもできるように、少しずつ変えてくれたのは先代だ。そして、看板の「色」の字が取れた。

店の「色」っぽい部分が消えたのかもしれない。

次の日、ランチタイムの一番忙しい時に、先代は亡くなったらしかった。危篤の連絡がきたけど、携帯電話はサイレントモードになっていて気がつかなかった。息子や孫たちはちゃんと集まったので、一人では逝かせなかったが、みさえは死に目に会えなかった。

——まあ、前日会えたからいいけどさ。

急に涙が転がり落ちて、自分で自分に驚いた。これまでほとんど泣いたことがなかったのに。

そして、一度落ちたら続けざまに落ちた。

そうだ。

あたしはあの人が好きだったのだ。

すごくすごく好きだったのだ。

それを絶対に人に言ってはいけないし、誰にも感づかれてはいけないし、自覚してもいけない。

そう思い詰めるほど、あの人が好きだったのだ。

やっとわかった。


大晦日の午後、沙也加が「雑」の引き戸を叩くと、ぞうさんが顔をのぞかせた。

「来たか」

「はい」

「わざわざ来てもらうほどでもないんだけど」

自分で呼びだしておきながら、ぞうさんは言った。

「なんですか」

奥からレジ袋に入れた包みを渡された。中を見ると、経木でできた容器が入っている。

「……おせち」

「え」

「ちょっとだけどね、店で余った食材の処理みたいなもんだから。でも、よかったら食べてちょうだいよ」

ぞうさんは照れたように早口で言った。

「えー！　めちゃくちゃ嬉しいです！　これからスーパーでなんか買ってこようかなって思って

たから」

「だから、本当に、ただの残飯処理だから！　大げさに騒がないで。本当にたいしたことないんだから！」

「……今年は一人で年を越すから……こんなの生まれて初めてだからどうしようかと思ってたんです。おせち料理的なものがなくてもさびしいし、でも、自分で買ってきたものが並んでるのもまた、悲しいなって。どうしたらいいのかわからなくて……」

「だからー。そんなに喜ばれることじゃないんだって。適当に作ったんだから」

そう言って、あっち行け、みたいに手を振りながらぞうさんが笑った。

「これ、高津さんとかにもあげるんですか」

「まあ、そのつもり。あいつが来たらね。なんだか、アプリ？　あれで知り合った女とうまくやってるんだから、来ないかもしれないけど……」

「いや、高津さん、絶対喜びます……あ、よかったら」

「何？」

「今夜、蕎麦でも食べに行きません？　年越し蕎麦。私、お礼におごるから」

「なんだよ、そんなのいらん、いらん」

「行きましょうよ。私、一人だから」

いや、と断ろうとしたぞうさんが、一人、に反応したのか、ずっと振っていた手を止めた。顔をしかめて、「じゃあ……でもあたし、紅白の純烈(じゅんれつ)と天童(てんどう)よしみが出る時間には戻りたいんだけど」と言った。

沙也加がスマホで調べると、どちらも前の方の順番だった。

「これじゃ、六時台にささっと食べることになるなあ」

「それでいいよ。店も空いてるだろ」

「いや、逆にそれが終わってからにしましょ。八時にはここに迎えに来ます」

そのあとも紅白を観たいんだけど、家のテレビで……としばらくぐずぐず言っていたが、沙也加の熱意に負けて約束してくれた。


「本当にあんたのせいで、よしみちゃんが落ち着いて観られなかったよ」

文句を言いながら、ぞうさんは毛糸の帽子と厚手のジャケットに身を包んで店から出てきた。

そういう格好をすると、余計ころころするし、むしろ自分自身が天童よしみなのに、と沙也加はおかしくなりながら、「さあ、行きましょう」と言った。

二人で商店街をゆっくりと歩く。蕎麦屋と言ったら、駅前の「一心庵（いっしんあん）」というのはここらの共通認識だった。

「そういえば」と沙也加は思わず言った。

「こうやって、外歩くの初めてですね、ぞうさんと」

「……そうかもね」

「かもじゃないです、絶対そうです」

ぞうさんは応えなかった。

一心庵は二組の客が並んでいた。

「……やっぱり、並んでるよ」

「大晦日だからしかたないですよ。すぐに入れますよ」

沙也加の言葉通り、回転は早く、意外とすぐに順番が回ってきた。四人がけの席に向かい合って座った。

「……そんなこと言うならさ」

ぞうさんはメニューを見ながら言った。

「こうやってご飯を食べたりするのが、そもそも初めてだよ」

「確かに……」

沙也加は笑った。

「おごってくれるんだよね。じゃ、あたし、天ぷら蕎麦にしよう」

「えっ」

天ぷら蕎麦は千八百円もする。

「嘘だよ。かけでいい。だけど、ビールは飲もう」

「いえ、納豆蕎麦とかにしましょう。栄養つけなくちゃ」

「やだやだ、納豆で蕎麦つゆがねばねばするの、好きじゃないんだよ。かけでいい……いや、たぬきにしようかな」

「私は納豆蕎麦の冷たいの」

それに二人で大瓶のビールを一本頼んだ。

「さ、お疲れ様」

そうさんがビールをついでくれた。

「あ、すみません」

「いや、こちらこそ、ありがとう」

小さなグラスでぐっと空けた。

「おいしいねえ」

そうさんがうめくように言った。

沙也加は何も言えなかった。また思い出したのだ……自分は少し前までこういうことがあまり好きではなかった。ご飯と一緒にビールを飲むのが……だけど、今は本当に気にならなくなった。

「高津さん、今日、来ましたか?」

「来た来た。踊るような足取りで来たよ」

「おせち料理、喜んだでしょ」

「喜んだかどうかねえ? 毎年のことだもの。ひょいっと来て、『ありがと』とか言って帰って行ったよ」

「えー。ひどい」

「男なんてそんなもんだよ。他の常連もそうだもの」

「ふーん」

「……今日は何をしてたの？　大掃除でもしたのか」

ぞうさんは話を変えるように、言った。

「まあ、そのくらいしかすることないです」

「沙也加の部屋くらいじゃ、掃除するところもほとんどないだろう？」

「ええ。お風呂場とトイレを少し念入りにやって……あと、ベランダの掃除をして、ベランダのサッシの溝をきれいにして、換気扇を洗って……そのくらいですかね」

「まあ、それだけやれば上等だよ」

「……あの部屋、出ようと思っていて」

「あ、なるほど」

ぞうさんが察したようにうなずいた。

「やっぱり、一人で住むには広すぎるので」

「だよね」

「年が明けたら、探そうと思います」

「家賃も高いしね」

「あ、そうそう、ぞうさんと税理士さんにアドバイスされて、離婚するまで、あの部屋の家賃の半分を元夫に請求して一応、払ってもらってたんですけど」

「ああ」

「それ、離婚したとたん、きっぱりと払い込まれなくなりました」

「そりゃそうだろう」

「まあ、そこまではしかたないですけど、あいつ、最後の振り込み、離婚した日に合わせて、日割り計算できっぱり一円単位で割り勘してきたんですよ！　ケチッ！」

ぞうさんはめずらしく声を上げて笑った。

「そりゃ、男だって女だって、別れたとなったら舌も出したくないっていうのが本音だろうねえ」

「本当に。あんな人だったとは」

そんな話をしているうちに二人の前に蕎麦が運ばれてきた。

「ごめんなさい。天ぷら蕎麦をおごれなくて」

蕎麦をすすりながら沙也加は謝った。

「いや、天ぷらってほとんどこのてんかすのうまさじゃないか。たぬきで十分だよ」

「ぞうさんは田舎には帰らないんですか」

「もう、帰ってもねえ」

「親戚とかいないんですか」

「兄と妹がいるよ……実家にはその兄の家族が住んでる。子供も孫もいるし、あたしがいられる場所はないよ。いや、実家は広くて何部屋もあるんだけどね……あと、両親はもう死んでいて、その時の介護とか、あたしは何も手伝えなかったからね。金は少し送ったけど……たぶん、それを兄、いや兄嫁と妹はかなり恨んでると思う。だから、絶対に戻れない。戻る気もないし、一人で死ぬのが、そんな自分……東京で好き勝手やってきた自分の罪……ほろぼしというか、そういう人間なんじゃないかと思う。一人で死ぬことは覚悟している」

沙也加は何も応えられなかった。

「何？　引いてんの？」

「いや、ぞうさんがこんなにたくさん、自分のこと話してくれたのも、初めてなんで、ちょっとびっくりしちゃって」

「そんなことないよ」

しかし、ぞうさんも同じことを考えたのか、そのあと、しばらく黙っていた。

「……私もそういうこと、考えますよ」

沙也加が蕎麦の最後の何筋かを丁寧にざるから取りながら言った。

「何を？」

「一人で死ぬんじゃないかなあって」

ぞうさんは笑う。

「いや、本当に」

「逆だよ。人は誰だって一人で死ぬんじゃないか、心中でもしないかぎりは」

「そうですね……っていうか、それ先に言ったの、ぞうさんですからね、一人でって……そういう一人じゃなくて」

「わかってるに決まってるだろ。それに、あんたは一人じゃ死なないよ」

「どういう意味ですか」

「あんたは、ちゃんと子供や孫に囲まれて死ぬタイプ」

「そうかなあ。じゃあ、また結婚するってことですかね」

「たぶんね」

「どうして？」

「ちゃんとした、ちゃんとできる女の匂いがするよ」

「そうかなあ」

「別に一人で死ぬことをお互いにまねっこしたり、約束しなくたっていいんだよ。だって、それのどちらが幸せか、どちらがいいのかなんて、わからないんだから」

「そんなことを話し合ったあと、なんですけど」

「何？」

「このまま、神社に行きません？　初詣的なやつ、済ませちゃいましょ」

「えー。いや、まだ早いだろ」

「だけど、このまま行けば楽だし」

「いや、遠いし」

神社はまた、「雑」に戻って、さらに五分以上歩く。

「でも、一人で行くの、さびしいし」

「ほら、そういうところ。あんた、すぐにさびしいって言って、人をさらっと誘えるだろ？　そういう人間は一人にはならないよ」

「ならないですかねえ」

「……実家に帰ってきたら？」

「え。なんで急に」

「一瞬でもいいから、顔を出してきなよ」

「えー、気まずいし、嫌ですよ」

「行った方がいい。このまま、ずるずる行かないと、そのまま疎遠になるかもしれない」

「うーん」

「沙也加が実家に帰るって言うなら、神社に行ってやってもいいよ」

「うー」

そうさんのめずらしい口ぶりに戸惑いながら、沙也加はいつまでも考えていた。


朝起きると、沙也加はベランダのカーテンを開けて外を見た。

目の前には隣のアパートの壁が見えた。それはかなり錆びたトタンで、青いものと赤いものが混在している。元の壁は青いトタンで、その上から、壊れた場所に赤いのを貼って直したらしい。

いや、もしかして、錆がひどすぎて赤く見えるのだろうか。

年明けすぐに、沙也加は新しい部屋を探し出し、駅から徒歩十分、築三十年、八畳間とキッチンの1K、六万五千円の今の部屋に引っ越した。本当はもう少し狭いワンルームでもかまわないと考えていたのだが、一度結婚しているとどうしても台所用品が増える。必要なものだけ、と考えてかなり処分しても、少し高価な皿や鍋は捨てるに忍びなかった。ワンルームの作り付けの簡易キッチンに納めるのはとても無理だった。それに、やはり、トイレと風呂は別がいいとか、収納も欲しい……と希望すると、結局、今くらいの家賃になってしまう。とはいえ、ワンルームより一万円高い程度だが。

この部屋にしたことが正解だったのか、失敗だったのか、と沙也加は時々考える。

なぜなら、考える時間がたっぷりあるからだ。

コロナによる緊急事態宣言が発令されてそろそろ二週間になる。その間、沙也加はほとんど部屋から出ていなかった。

それが発令される前、テレビのニュースを「雑」で観ながら、「どうしようかねえ」とぞうさんは毎日、首をひねっていた。常連に相談し、税理士に相談し、商店街の中の人たちに相談し、いろいろ考えに考えて、最初は昼間のランチだけ店を開けることにした。

「まったく、ご飯を食べるところがなくなっちゃうのもどうかと思うよ」

ただ、席は店の中にテーブルを二つだけ、距離を置いて並べ、カウンターの席も離した。

それだけ感染対策に気を配っていても、客はほとんど来なかった。あの高津でさえも……。

「ごめんね。年寄りがかかるとよくないって言うからね。俺はがんも一度やってるし」

彼が弁当を入れたコンビニの袋を提げて謝りに来たのは、三日目のことだ。

「……悪気はないんだよ」

みさえは、何も言わない沙也加に、彼が帰ったあと、つぶやいた。

「あれはサラリーマンで男だからさ、気が利かないんだよ」

「だけど、コンビニに行く前に来たらよかったのに」

沙也加は思わず、口をとがらせてしまった。

「雇われもんには、商売人の気持ちは一生わからないんだ」

ぞうさんもめずらしくそんなことを言った。

それでも、客が少ないだけなら、そうして細々と続けていたかもしれない。

緊急事態宣言が発令されてちょうど一週間目、沙也加が店に来ると、ぞうさんが店内の真ん中に立って、何かを見ていた。

「……どうしたんですか」

ぞうさんは黙って、一枚の紙を渡した。そこには赤い文字で「いつまでやってるんだ！　スグヤメロ！　人殺し！」と書いてあった。

「これ……」

「入り口のところに差し込んであった……」

「やだ。いったい、誰が……」

ぞうさんはコートを脱ぎもせず、テーブルの上に逆さにのっていた椅子をおろして座った。そして、大きくため息をついた。

沙也加も同じように椅子をおろして、向かいに座る。

「……大丈夫ですか?」

その時の、ぞうさんを見て、沙也加は思った。

ああ、これはもう、ダメかもしれない、と。

なぜならぞうさんはかすかに笑ったのだ。大きく笑うことはしない人だが、こんなふうに諦めたように笑う人でもなかった。

なんだか、力のない目で、魂の抜けたあかちゃん人形みたいな笑い方だった。

「……休みましょうか、店」

沙也加はためらいながら、ぞうさんに近づき、背中をなでた。最近はマスクをしていても、ここまで人に近づくことはあまりない。恋人も夫もいない、近くに家族のいない沙也加には、そして、たぶんぞうさんにとっても、久しぶりの人のぬくもりのはずだった。

「いいのかねえ」

ぞうさんの白い薄い髪がふわふわと舞った。これまで後ろでぎゅっとひっつめにしていた髪だ。それがこんなにだらしなく、心許なく、薄くなっていることに、沙也加は初めて気がついた。

「大丈夫ですよ」

「だけど、皆……」

「皆、ご飯はどこかで食べるでしょうよ。だいたい、このあたりの会社の人も、リモートっていうんですか？　少ししか出勤せずに、家で仕事してるみたい」

「そうだねえ」

ぞうさんはまた口を開いて、やっぱり何も言わないで閉じた。

「どうしたんですか？」

「ううん。なんでもない」

「一度、閉めて、お休みして、また、感染が収まったら始めましょ」

「……うん。だけど」

「なんですか」

「あんた、大丈夫かい？」

「何が？」

「仕事、お金。ここがなくなったらつらいだろ」

一瞬、声が出なくてかすれてしまった。

「大丈夫です。昼の仕事もあるし……」

「そう、よかった……」

いつもは鋭いぞうさんが、気弱になっているからか、見破られなくてよかった。

「あとね……」

ぞうさんがささやいた。

ぎらぎらと赤い、投げ文を見ながら言った。

「こんなのに負けて店を休むのが。あと書いたやつに、『自分の思い通りになった』って思われることも」

そんなの気にすることないですよ！　とか、それは負けじゃないですよ！　ときっぱりと言い返したかった。だけど、できなかった。「そりゃ」と言ったところで声が止まってしまった。

「……私だって、悔しいですよ……」

そして、二人でつかの間泣いてしまった。ぞうさんは静かに、沙也加は少し声を上げて泣いた。


でも、あれがよかったんだな、と目の前のトタンの壁を見ながら、沙也加は丁寧に歯をブラッシングする。

あれで、憑きものが落ちたようにすっきりし、二人でてきぱきとランチの下ごしらえをして、店を開けた。

そして、最後の客が帰ると（最近は一時を過ぎると誰も来なくなった）、二人で店の前に出す貼り紙を作る準備をした。

「……誰がやったんだろうね？」

筆を持った手を止めて、ぞうさんが言った。

「何が？」

「あの、赤い……」

「ああ、あれ」

沙也加は泣き止んだあと、それをびりびりに破って捨てたゴミ箱をちらっと振り返った。

「そんなの考えてもしかたないですよ」

「まあ、そうだけど」

ぞうさんは極太の筆ペンで、裏が白いチラシにいつもの達筆で「一時休業させていただきます。長らくお世話になりました」と書いた。

「こうやって、筆で書くのって、結構手間も時間もかかるじゃないか。わざわざ筆や赤の墨を用意して書いたんだなって思ったら、なんだか……」

ぞうさんは笑い出した。それはさっきとは違ってどこか、明るい笑いだった。

「その必死さがおかしいなって」

「確かに。それにああいう赤い墨ってめずらしいですよね。特別に使う人でもなかったら、なかなか用意できないかも」

「ああ。ただ、お習字の先生や、教師が使う用の朱の筆ペンはあるけど」

「いずれにしろ、ああいうものを日常的に使っている人か、じゃなければ、このために買ったのか……あ、私、あとで訊いてきましょうか、文房具屋で。最近、誰か買った人がいないか」

「やめなよ」

自分から始めた話なのに、ぞうさんはぴしりと言った。

「そんなの知らない方がいい」

「そうですね」

沙也加は素直にうなずいた。


定食屋「雑」は一時休業いたします。

ながながお世話になりました。


何回か書き直して、できあがった貼り紙がそれだった。

「させていただく、なんて書かなくていいだろ。させていただくんじゃない。休業するんだ」

ぞうさんが小声でつぶやいたのは聞こえないふりをした。「な」の字が泣いているように見えた。

沙也加は一つ嘘をついていた。日中の派遣の仕事は、自宅待機を言い渡されていた。

朝起きて、目の前のトタンの壁を見ながら、丁寧に歯を磨く。もう、本当に、歯の一本一本を取りだして磨くかのように時間をかけて。

それでも、十時にならない。

この部屋を借りたことが正解だったのか、失敗だったのか、考えるのはこんな時だ。一万円、安い部屋ならもっと楽だったかもしれない、という考えと、でも、ワンルームで簡易キッチンのみ、さらにはユニットバスというような部屋だったら、とても一人でこもってはいられない、と思うのだ。

最後の日、ぞうさんはありったけの、「雑」で余った食材を持たせてくれた。そして、一つ一つの食材の調理法と冷凍法を教えてくれた。

幸か不幸か、冷蔵庫は結婚していた時から使っている二人用だったから、一人にはかなり大きめだ。それがキッチンをふさいでいて、身体をはすにしないと通れない。でも、今回は役に立った。たくさんの冷凍食品があって、今のところ青物をスーパーに買いに行くくらいだ。

「いいかい。とにかく、お金があったら、米を買うんだよ」

ぞうさんは何度も言った。

「米があればそれだけを炊いてなんとか食べ続けられるから。給料日には米を買え」

しかし、その給料日はないのだった。

何かあったら、相談しなよ、と税理士先生の携帯番号とメールアドレスを教えられていたし、申請できる給付金があるとは聞いているけど、こうして一人で部屋にいて、家の中のものを食べていると、ぼんやりしてしまって何か行動を起こす気にならない。それに、先生に無料で「教えて」とは言えない気がするし、払えるような金はない。

はっとした。

もそもそご飯を食べていたら、もう、外が薄暗い。

さっきまで歯を磨いて、十時にならない……と考えていたのに、時計を見ると夕方の五時だった。

テレビをつけて、ニュースショーを観る。

自分の時間がどこに行ってしまったのか……沙也加にはよくわからないのだった。

その頃、みさえは北国の、駅前のビジネスホテルにいた。

最初、フロントで現住所を求められた時、「東京都……」と書き出したら、露骨に嫌な顔をされた。

「お仕事ですか？」

「……いえ、ちょっと親戚の家にね」

中年のホテルマンは「は？」とぶしつけに首をかしげた。親戚の家に行くなら、さっさと行ってくれ、このコロナ菌が！　うちの県はまだ一人もコロナを出してないんだよ！　ここで発症されたら、どうなるんだよ！　と顔に書いてあるような気がした。

「親戚の家に来たんだけど、泊まる部屋がなくて……」

もそもそと答えると、さらに嫌な顔をして、「検温をお願いします」とごく普通の家庭用の体温計を差し出された。

そのまま、狭いロビーの椅子に座って体温を測った。平熱の体温計を彼に返すと、もう、それが菌でいっぱいのようにビニール手袋（急にどこからか出してきた）をした手で受け取り、目の前でごしごしとアルコール消毒をした。それでやっと鍵を出してくれた。

「では、二〇三号室にお入りいただきますが、手洗いうがいをこまめにしてください。マスクをして、従業員や他のお客様とは極力話さないように」

「……あの、食事は」

「このあたりの店は普通にやってますよ。東京と違うんで。でも、注意してください」

「はい」

声が小さくなる。なんだか、自分がすでにコロナにかかっているように扱われて、どんどん卑屈になっていく気がする。

「駅前にコンビニもありますから」

「はい」

「こっちは店も開いてるし、比較的自由だからって、東京から遊びに来る人もいるんだけど、あまり大騒ぎしてもらったら困るんですよね」

いや、一人でどう大騒ぎしろというのか……。

それでも、部屋の鍵をもらえたのはありがたかった。泊めてもらえなかったら、今日はどこに行けばいいのかわからない。

最終の新幹線で帰ればいいのだろうけど……もう、なんだか、疲れてしまった。一晩だけでも、身体を休めたい……と思って泊まり、それから一週間になる。こんなところにいる必要もないのだけど、東京にも居場所がない。店を閉めたあと、あの商店街を歩くのもつらかった。「あいつ、自分の投げ文で反省して、営業をやめたんだ、自分は正しいことをしたんだ」とほくそ笑んでいる人がどこかにいると思い浮かべるだけで、気分が悪い。

さすがに、ここまで日が経つと、ホテルの人たちも「このコロナ菌が」といった目を向けなくはなってきた。最初にフロントで会ったホテルマンは支配人で、みさえはこのコロナ禍での貴重なお客さんに変わりつつあった。食事のために下に降りたりすると「今日はどこ行くの？」と懐かしい故郷のなまりで訊いてくれたりした。

「……ラーメン屋でも行こうかと思って」と答えると、おいしい店を教えてくれたりする。そのくらいの会話はできた。

このあたりの特徴の、少し甘みのある醬油だしのラーメンをすすっていると、いろいろなことがまるで夢のように思い出される。

本当に、自分はいったい、何を期待してこの街に来てしまったのだろう。

沙也加と一緒に店を閉めたあと、一人、締め切った店にいたら、なんだかすべてがからっぽのような、自分には何もないような気がして、もう一度、泣いてしまった。

自分はずっと一生懸命ここで働いてきたのに、店は貸家だし、人の店を引き継いだだけ、客はぜんぜん来ないし、近所の人にはいやがらせの投げ文をされるし、自分の家と言える場所もない……子供も家族も恋人もいない。東京で長年、いったい何をしてきたのか。

先代の息子に電話をして、しばらくの間店を閉めることにする、と告げた時もつらかった。よくできた、優しい息子だと思っていた。子供の頃は店先でどれだけ遊んでやったかしれない。宿題をみてやったこともある。出来のいい子だったから、低学年の一時期だけだが……それなのに、久しぶりに出た電話の声は、妙によそよそしく、警戒心むき出しだった。

あれも今思えば、彼の方も仕事や家庭を守るのに精一杯で、親父が昔やっていたしけた店の責任を取らされるかもしれない、何らかのお金を求められたり、借金を申し込まれたりしたら、と思ったのだとしたら、しかたがなかったのかもしれない。

それでも、つらい時にあんなつけつけとした声を聞かされたら、驚きもするし、傷つきもする。

あの時、なんだか、唐突に「実家に帰ろう」と思ってしまったのだった。

年末に、沙也加に語った通り、自分には帰る実家はないと思っていた。だけど、やっぱり、こうなると血を分けた兄なり、妹に会いたい、久しぶりに膝をつき合わせて、今後のことを相談したい、と思ってしまった。

今は二人とも家庭があるから、ほとんど付き合いはないけど、ちゃんと謝り、一晩じっくり話せばまた元の関係に戻れるかもしれない。兄は昔、面倒見がいい性格で、二人の妹が求めるままに、トランプを何時間もやったり、外で遊んでくれる人だった。妹は幼い頃はどこまでもみさえのあとを付いて歩き、みさえの姿が見えなくなると泣き出した。

あの二人なら、ちゃんと話せば大丈夫だ。

そんな、なんの根拠もない確信を持って、翌日、東京駅で芋羊羹を買い新幹線に乗った。そこから携帯で「今から帰るからね、夕飯は気にしてくれなくていいから」と電話すると、兄は絶句していた。

確かに、いきなり帰ったのはまずかった。自分でも常軌を逸していたと思わずにはいられない。

だけど、あの時は本当につらかったのだ。その気遣いもできぬほどに。

広いはずの実家のどこにもみさえの居場所はなかった。兄夫婦には同居までしていないものの、近くに住む孫たちがおり、それが高校受験を控えているということで、東京から来た客をもてなせるような余裕はなかった。妹も顔を見せなかった。

二日だけ泊まって、ろくに話もせずに「やっぱり、東京に帰るわ」と言った。兄夫婦はほっとした顔をしていた。

ラーメンを食べていたら、目の前にぽん、と小皿にのった握り飯が出された。

驚いて顔を上げる。

「これ、サービス」

色黒で痩せた店主がにこりともせずに言った。

「あ、ありがとう」

「そのまま、食べてもいいし、食べ終わったスープに入れてもうまい」

言葉通り、麵を食べ終わったスープに入れると、おじやのようで、甘いだしによく合った。

――こんなふうに、何かを食べたあと、握り飯をサービスに出すのもいいかもしれないね……。

自然に考えていて、はっと驚いた。

自分はこんなになっても、まだ店のことを考えているのだ、あの「雑」のことを……。

気がついたらまた泣いていた。泣きながら、スープの中に入ったご飯をれんげですすっていた。

みさえはあの時、本当は言いたかったのだ。沙也加と投げ文のことで話していた時。

「一度やめたら、もう、始められないような気がするよ」と。

もともと、もうぎりぎりだった。あの文が来なくても、続けられていたかどうかわからない。店を開けても人は来ないし、材料はどんどん残るし、沙也加のアルバイト料を出すこともできるかどうか心許なかった。

あの文は渡りに船だった。格好のやめる口実になった。いや、口実にしてしまった。

ラーメンを食べ終わると勘定を払って外に出た。

沙也加に電話をかける。

「あ、ぞうさんですか？　今どこですか？」

まるで、寝ていたような声だった。実際、寝ていたのかもしれない。

「……店を開けようかと思って」

「え？」

彼女の答えを聞かずに「ちょっと忙しいからまたかけるわ」と切った。次の電話は税理士先生のところだった。

何にしても、店を始めようと思った。最初は弁当屋でもいい。

なんだかの助成金だとかが出そうだ、というようなメールが税理士先生から少し前に入っていたけど、気力がなくて開けてなかった。

だけど、とにかく、何かを始めよう。もしかして、つぶれるかもしれないけど、ぎりぎりまでやってみよう、と思った。

「どうですかねえ」

沙也加が首をひねった。

「今の時代、他人が握ったおむすび、無料でももらってくれる人、いるでしょうか」

ずいぶん、ずけずけと言う、と思った。

「だって、コンビニやなんかで、安くたって百円以上出して買うじゃないか、皆。それをただでやる、って言ってるんだよ」

「いや、あれは工場で作ってるでしょ。たぶん、機械で。だから、買うけど、今、握ってる人がわかってるようなもの、あまり欲しがらないかも」

「あんた、ずいぶんはっきり言うね」

こういう会話をしている間も、もちろん、お互いマスクをし、少し離れている。この緊急事態宣言の間に、そういう立ち振る舞いは当たり前になった。その前には、店の中ではお互い気にしてなかったのに。

「もちろん、マスクして、手袋して、ラップを使ってご飯をまとめるつもりだよ」

「それでも、なんだか、ぞうさんが握ってるとなるとなんかなまなましいんです」

「雑」を再開するに当たって、最初の日は握り飯を作り、それを店の前で配ってお知らせと宣伝にしたいと提案すると、沙也加にきっぱりと反対された。

「それに、ただでものを配るっていいことかどうか」

「そうかなあ」

「その時は感謝されても、次の時、前にはただでくれたのに、お金払うのか……ってちょっともったいないような気がするかも」

「……なるほど」

「それより、普通にお弁当作って店の前で売りましょ。ぞうさんのから揚げでもいいし、生姜焼きでもいいし」

「うん」

「何がいいかなあ？」

「どうだろ。から揚げ、生姜焼き、鶏の照り焼き……」

「三種類も出すんですか」

「いや、五種類ぐらいかなあって」

「それ、やりすぎ。むしろ、二種類くらいに絞って、これまでのランチみたいに、魚と肉だけでもいいかも」

「うーん」

「その代わり、何か、人気だったものを必ず入れるとか。ほら、あのオムレツとか」

「ああ」

「肉じゃがとか……そういうものを入れて、それ以外にメイン料理をどーん……あ」

沙也加ははっとする。

「昔、東南アジアに行った時、エコノミックライスとか、カオゲーンとかいうのがあって、いろんな食べ物を大きなバットに入れて並べてあるところから、好きなものを指さして買うんです。皿にご飯を盛って、おかずを周りに並べて、一種類ならいくら、二種類ならいくら、って売ってたんですよ、あれをお弁当でやったら……」

「いや、それこそ、汚くないかい？　いろんな人が入れ替わり来ているところに出しておくんだろ？」

「ああ。じゃあ、まずは普通のお弁当にしますか。少し慣れてきたら、別の方法も考えましょう」

あの日、みさえの電話に出た税理士の先生は、「雑色さんがそう言ってくれるのを待っていました」と言った。

「できることはやりましょう。もらえるものはもらいましょう」

弁当屋にするにあたって、店先の造りを変えることも考え、工務店の佐川にも相談した。今なら、そういうコロナのせいで必要になる改築なら、簡単に融資が下りるかもしれない、という話もあったからだ。

けれど、まだ、そこまで必要ないだろう、というのが佐川の考えだった。

「こういう時は間に合わせの感じで、店の前で売った方が効果的なこともありますよ。むしろその方がおいしそうに見えるかも」と。さらに、工務店らしいアドバイスもあった。

「工事はいつでもできます。でも、融資というのは結局、借金です。いつかは返さないといけないんです」

それで、とにかく、いくつかの弁当を作って、店の前にテーブルを置き、売ってみよう、ということになった。

「一つも売れなかったら、どうしようかねえ」

みさえは前日の打ち合わせで、思わずこぼした。

「それでも、売るんです。売れるまでやるんです」

そう言って帰っていった沙也加の後ろ姿を、頼もしいと思っている自分がいた。気がついたら、いろんな人に素直に相談することができていた。

握り飯を配れる日は、まだまだ先かもしれない。

でも、希望は捨てられない、と思った。

エピローグ

「久しぶり」

声をかけられてみさえが顔を上げると、高津が店の前に立っていた。

「ああ」

うなるように答え、丸椅子から立ち上がって、ガラスの商品ケースの前に立った。

「今日は？　散歩かなんか？」

「いや、ご挨拶だな。買いに来たんだよ。お客、弁当の」

「そりゃ、ありがと」

言葉ほどはありがたそうでもなく、みさえは続けた。

「今日は理子ちゃん、いないのかい」

高津の娘の名前を出して尋ねる。

「いや、もう、あいつの飯も飽きたよ。今日は上の子は部活だし、下の子も塾だから、うちで食べるって言ったんだよ」

「ああ、そうかい」

そりゃ、さびしいね、と言いそうになって言葉を飲み込んだ。

「じゃあ、今日はどうしようかな……詰め合わせ弁当にするか……」

「詰め合わせはご飯が多いよ。幕の内にしたらどうだい。じゃなきゃ、から揚げか」

詰め合わせ弁当はおかずを六品、幕の内は五品、ガラスケースの中から自由に選べる。から揚げはから揚げの他に、二品、おかずが付く。詰め合わせは七百円、幕の内は六百円、から揚げは五百円だ。

「いや、これを楽しみにきたんだもの、詰め合わせにさせてくれよ」

ガラスケースの中には、琺瑯のバットや大皿に入ったおかずが、ずらりと十八品並んでいた。コロッケ、メンチカツ、白身魚のフライ、から揚げ、ハンバーグ、鯖の味噌煮などの主菜と、玉子焼き、スパゲッティサラダ、切り干し大根、ひじき煮、ゼンマイ、筑前煮、大根、肉じゃが、里芋の煮っ転がし、インゲンの炒めもの、春雨サラダなどの副菜、そして、日替わりメニューの生姜焼きがあった。

「何にしようかなあ……」

高津はケースをのぞき込みながら嬉しそうに言った。

「まずは生姜焼きだろ、それから、玉子焼きとスパゲッティサラダ、鯖の味噌煮、それから……あと何品だい?」

「あと二つ」

「ゼンマイと里芋にするか」

「了解」

みさえが弁当を詰めている間、高津は後ろに並んでいる人がいないのをいいことに、だらだらと話し始めた。

この高津が、みさえの知り合いの中でも、コロナで一番人生が変わった人間かもしれない。

高津があれほど拒否していた、娘との同居が始まったのは、あの騒動の真っ最中のことだった。

緊急事態宣言で家に閉じ込められた孫たちはもちろん、静かに遊ぶなんてことができるわけがなく、豊洲のタワーマンションの一室で暴れ回り、真下の住人だけじゃなく、斜め下や横の家からも苦情が来たらしい。さらに、理子も夫の光輝も会社のリモートワーク体制が整うまでには時間がかかって、息子たちの小学校が休校になると、会社を休まざるを得なかった。

娘に泣きつかれた、というより、電話口で号泣され、高津は承諾した。

しかし、それからがまた大変だった。高津の家に子供を含む四人家族が引っ越して来るというのはどだい無理な話で、狭い家に五人が押し込まれると、高津と娘はほとんど毎日喧嘩しっぱなし、子供たちは泣きっぱなし、という状況になった。また、娘たちが会社に行っている時は当然、高津が孫の面倒を見ることになったが、これもまた、高齢者にはつらいことだった。

唯一、心の寄りどころだった「雑」も店を開けたり、閉めたりで、以前のように愚痴をこぼすこともできず、彼はもう少しでおかしくなりそうだったと言う。

「……一人では広すぎる家だけど、五人には狭すぎたんだよね、あそこは」

高津はつぶやく。それは自分に言い聞かせているように、みさえには見えた。

周囲の家の噂になるほど高津と理子は毎日喧嘩をしていたのに、いったん出て行くと宣言すると、一番反対して大泣きしたのはその娘だった。

お父さん行かないで、あたしが悪かった、とまた号泣し、「行かないでって、昔のドラマの台詞じゃあるまいし」と高津はあきれ顔だった。また、感情的になる娘とは違って、義理の息子の光輝の方はダイレクトに神経に応えたらしく、日に日に痩せ細っていった。

最終的には、家族全員が一斉に、息子たちが休校解除後の学校から持ってきたコロナにかかり、そこから復帰した時、高津はもう誰の言うことも聞かずに家を出た。

「これは物理的にも狭すぎるから起きたことだ。誰が悪いわけでもないし、誰に何を言われても、俺は出て行く」と宣言して。

この親子離別劇には、実はみさえは深く関わっていたのだけれど、たぶん、高津本人はまったく自覚がないだろう。

コロナにかかった家族の中で、一番、軽く済んだ光輝が「雑」に弁当を買いに来たことがあった。彼は、高津とみさえの関係を知っていて、商店街の店の前で弁当を五つ詰めてもらいながら「いろいろご迷惑をおかけして」とつらそうに言った。

「はあ?　迷惑って何?　高津さんのこと?」

「ええ、まあ……お義父さんには申し訳なくて……お聞き及びでしょうけど」

「しょうがないじゃん」

「え?」

「高津さんはそんなに気にしてないと思うよ。自分の子供のことだもの。親はなんでもするさ。それに、あの人はもう大人だよ。自分で判断したんだから、自分で始末はつけるさ」

「それでもですね」

光輝は言い返した。

「僕らが押しかけたのですから……」

「だったら、高津さんが次に決断した時には黙ってそれに従ってやりなよ」

「いいんでしょうか」

「まあ、いいんじゃない？」

彼は黙ってうなずいた。

次に、病み上がりの高津が「雑」に来た時、さまざまな愚痴を言うのを黙って聞いたあと、みさえは一言つぶやいた。

「そういや、うちの隣のアパート、空いてるよ」

「え？」

「うん、いつもあれ、ふぉーなんとかって」

「ふぉーれんと、かい？」

「そう、なんだか、しゃれた看板出してる。うちと同じ大家のアパートだよ。作りもほとんど同じ。古いけど安いし、大家も悪い人じゃない」

その一言が高津の背中を押した。

みさえの隣のアパートを借りることになり、その家賃は娘夫婦が払うことに決まったようだった。移ってみたら、お互いによい環境だった。

夕方、孫たちが学童保育から帰ってくる頃に高津が実家に行って二人を迎え、親たちが帰ってくるまで、理子やみさえが作った料理を食べながら待ち、親のどちらかが帰ってくると、自分の部屋に戻った。

前の悠々自適な生活に比べたら忙しいし、面倒なことも多いが、なに、そのうち、子供たちも中学生になれば、もう、「じいじ、一緒にゲームして」「ゲームしないなら、ゲームしているところを見てて」なんてかわいいことを言ってくれることもなかろう、と諦めて、今の時間を楽しむことにした。

コロナが下火になって、「雑」が駅前に移って弁当屋として営業を始めた頃、上の子は中学生になり、下の子も週の半分は塾に通うようになって、「じいじ」の役も少し楽になってきた。

気がつくと、そんなことを、十分以上おしゃべりしていた。もう何度も聞いた話だけど、みさえは黙って聞いていた。

「今日、沙也加ちゃんは?」

「会社が終わったら、来るよ」

「そうかい。よろしく言っておいて」

「ああ、向こうも、あんたに会いたいって言っていたよ」

高津はふっと考えてから言った。

「弁当屋もいいけどさ……ちょっとさびしいよね、前の『雅』がなつかしいよ」

彼の後ろ姿を見ながら、みさえはふんと鼻を鳴らした。

「そうは言ったって、店を開けたところで、毎晩来てくれるわけでもあるまいし」

悪い気はしなかった。


「……高津さん、すっかり、おじいちゃんになっちゃって」

今は新宿の会社に勤めている沙也加は、みさえから話を聞くと、笑ってうなずいた。

「もう、半年くらい会ってないかも」

「あんたと時間が合わないからねえ」

「やっぱり、お弁当屋さんと定食屋は違いますよね、接客の時間がとにかく短いですもんね」

コロナの緊急事態宣言は出たり、引っ込んだりしながら、少しずつ日常が帰ってきたが、そのくり返しに、みさえはほとほと疲れてしまった。

やっぱり、店はやめようとみさえが思い詰めた時、それを止めたのが沙也加だった。

「定食屋兼お弁当屋だから疲れるんですね。思い切って、完全にお弁当屋さんにシフトチェンジしましょ。コロナの状況がどうなってもお弁当屋さんならずっと続けられますから」

沙也加は駅前に、間口の小さな空き店舗を見つけた。もともとは、団子や大福、いなりずしなど、気楽な和菓子を扱っていた店だった。

常連客たちは高津のように、口々に「『雅』がなくなるのはさびしい」「閉めるのはもったいない」と言ったが、沙也加はもう、みさえには体力的にも精神的にもむずかしいと思ったのだろう。

「一番は、ぞうさんの味が残ることです。雑な味が食べたいという人はたくさんいますから」

そう言って、彼女は乗り切った。

場所を探し、工務店の佐川と話し合って、看板や厨房を少し作り替え、みさえ一人で店を回せるようにした。

「とにかく、いろんな雑事や書類仕事は私がやるんで、ぞうさんはご飯を作ってくれればいいんです」

そして、元の「雑」の店舗と二階の片付けも彼女が率先してやった。元の「ぞうさん」たちの息子への連絡も。

本当に、みさえの仕事はただ「料理を作るだけ」にして、新しい「弁当屋『雑』」を沙也加は用意したのだった。

弁当屋は朝が早いが、それは出勤前の会社員が買っていくからだ。もう、その収入は諦めて、十一時からの開店にした。お客は周囲の勤め人や住人だけにターゲットを絞ったのだ。

しかし、弁当屋「雑」ができあがることは、沙也加自身の仕事がなくなることでもあった。小さな店でそこまでの売り上げがでるとは思えなかった。みさえ一人が食べていければいいと思っていた。

それを見越したように、沙也加は新宿にあるＩＴ関連会社に正社員として就職した。仕事後に「雑」に寄り、ちょうど疲れてきたみさえに代わって店番をし、帳簿をつけ、片付けを手伝って一緒に帰る。

みさえは最初、「ここまでしてもらうなんて、申し訳ない」とくり返したが、「これは副業です」と沙也加はけろりとしていた。

「副業?」

「はい。今、流行っているんですよ、副業。皆、やってます。会社員の仕事だけじゃ食べていけないから。どうせやるなら、自分の慣れた仕事の方がありがたいじゃないですか」

さやかは夜二時間ほど働いて、そのぶんを前と同じように時給でもらっている。

もちろん、余ったおかずももらって帰るのだった。

「昨日、妃代ちゃんがわざわざ弁当買いにきてくれたよ。いつかSNSで紹介してもいいかって」

「桜庭さんが? 今ドラマにも出てて忙しいだろうに、ありがたいなあ。そういえば、ぞうさん、知ってます、これ?」

沙也加はスマートフォンを取り出して、ネットの記事を見せた。そこには、嬉しそうに微笑んで立っている大場がいた。

「あ、これ、卵屋の!」

「そうそう、大場さん。新宿のデパートに新しく卵かけご飯屋ができるらしいんですが、そこに卵を卸すことになったんですって」

「そりゃよかったけど、どうだろう? うまくいくのかね。東京の一等地のテナントの賃料はとんでもないから、卵一個でどれだけとれるんだか」

「でも、その店、出資してるのは九州の明太子会社なんですよ。明太子も一緒に出して、いわゆる明太子のアンテナショップでもあるんですよね。大手が後ろについてるし、結構、うまくいくかもしれません」

どうだろうねえ、とため息をつくふりをしながら、みさえはなんだかほっとしている。皆、どうなるんだろう、と心配していたけど、収まるところに収まっている……そして、コロナであんなふうになったけど……また、新しいことが始まろうとしている、そんな気がする。

「すごいなあ、この店のオープン日には――が来るらしい」

沙也加は九州出身の芸人の名前を挙げた。

「そりゃ、呼ばれれば何でも来るだろ」

それでも、すごいなあ、今度行ってみようかな、とスマホを見ている沙也加に、みさえは言った。

「あのさ、あんた、ぶしつけなこと訊くけど、今、お給料、いくらもらってるんだい」

「え⁉」

「だから、月給、いくら?」

「それ、プライバシーですよ」

「いいじゃないか、いくら?」

沙也加は苦笑した後、言った。

「……まあ、二十万ちょっともらって……いろいろ引かれて、手取りは十五万ちょっとくらいでしょうか」

「その倍出す」

「え？」

「その倍出すから、会社をやめて、ここを手伝って欲しい」

「倍って……？」

「三十だね。ただ、手取りとはまだ言えない。とりあえず額面で」

「そんなに……」

出せるんですか、という形に口を動かす途中で、沙也加はそれを止めた。今、この店がどれだけ利益を出しているか、もちろん彼女自身が一番わかっている。

「だって、それじゃあ、ぞうさんの取り分が減るじゃないですか」

「いや、もう、そう金も必要ないよ。それに、あんたが手伝ってくれれば、もっとお客さんを増やせる。今は一人で昼間やってるから、行列を見て帰っちゃう客も多いし、途中でおかずがなくなっちゃう。客が引けるとまた作るけど。あれも時間と手間の無駄だ。朝からあんたが手伝ってくれて、昼時、おかずを詰めるのと、ご飯を詰めるのを別にすればもっとさばける」

みさえの声は自信に満ちていた。

「そして、ゆくゆくは……というか、ある程度、店の営業がうまく行くようになったら、あんたに経営を代わって欲しい。それからは好きなようにやればいいさ。経営方法を変えてもいいし、嫌になったらやめてもいい」

「そんな……そうしたらぞうさんはどうするんですか」

「しばらくはあんたを手伝うけど、そろそろ隠居したいよ。ちょっと疲れたしね」

沙也加はしばらく目を泳がせた。

「……少し考えてもいいですか」

「もちろんだよ」

「今はまだ、なんと言っていいのかわからないけど……」

沙也加はつばを飲み込んだ。

「だけど、ありがとうございます」

「気にしなくていい。もしも、断ってもここで働いていい。その時は、あたしは誰か別の人を昼間だけ雇うから」

「わかりました」

二人は店の片付けをして、最後に正面のシャッターを閉めて店を出た。普段よりも言葉が少なかった。

分かれ道に来たところで、「それじゃ」とみさえは素っ気なく言った。

「ぞうさん」

沙也加が思い詰めたように言った。

「なんだよ」

「……もしかして、次は私がぞうさんって呼ばれるんでしょうか?」

みさえは一瞬、きょとんとして、それから、破顔した。

「いやだ。それは考えたことがなかったよ。あんたは、雑色じゃないんだから、違うだろ」

沙也加は小さく首を振った。

「でも、それも悪くないなって……じゃあ」

みさえは、沙也加の言葉の意味を考えながらしばらく歩き、そして、振り返った。

思わず、また、小さく笑ってしまった。

沙也加がスキップしながら歩いていたからだ。

「……あの子……子供じゃないんだから」

そして、もう、決してスキップは踏めない足を引きずりながら、自分の家に歩いて行った。

初出

「コロッケ」　「小説推理」二〇二一年一月号
「トンカツ」　「小説推理」二〇二二年九月号
「から揚げ」　「小説推理」二〇二二年十月号
「ハムカツ」　「小説推理」二〇二二年十一月号
「カレー」　「小説推理」二〇二二年十二月号
「握り飯」　「小説推理」二〇二三年一月号

書籍化にあたり、加筆・修正をしました。

原田ひ香●はらだ　ひか

1970年、神奈川県生まれ。2005年「リトルプリンセス2号」で第34回NHK創作ラジオドラマ大賞、07年「はじまらないティータイム」で第31回すばる文学賞受賞。『復讐屋成海慶介の事件簿』『ラジオ・ガガガ』『三千円の使いかた』『一橋桐子（76）の犯罪日記』『図書館のお夜食』『喫茶おじさん』、「ランチ酒」「三人屋」シリーズなど著書多数。

定食屋「雑」

2024年3月23日　第１刷発行

著　者―― 原田ひ香

発行者―― 箕浦克史

発行所―― 株式会社双葉社

東京都新宿区東五軒町3-28　郵便番号162-8540
電話03(5261)4818〔営業部〕
03(5261)4831〔編集部〕
http://www.futabasha.co.jp/
（双葉社の書籍・コミック・ムックが買えます）

DTP製版―株式会社ビーワークス

印刷所―― 大日本印刷株式会社

製本所―― 株式会社若林製本工場

カバー印刷―― 株式会社大熊整美堂

落丁・乱丁の場合は送料双葉社負担でお取り替えいたします。
「製作部」あてにお送りください。
ただし、古書店で購入したものについてはお取り替えできません。
［電話］03-5261-4822（製作部）

定価はカバーに表示してあります。

ISBN978-4-575-24727-5 C0093